吳季倫————譯

MISHIMA YUKIO

三島由紀夫
命売ります

性命出售

LIFE FOR SALE

山田羽仁男

1

……一睜開眼，羽仁男只見滿目敞亮，頓時以為自己上了天堂。然而，後腦杓的劇痛隨即提醒著他——身在天堂的人絕不會感到頭部的疼痛。

一扇毛玻璃的大窗戶映入眼中。窗子素素淨淨的，旁邊是一片死寂的白。

「好像醒了。」

一個聲音說。

「太好了！救下一條人命是好事一樁，值得高興一整天！」

羽仁男抬眼望去，有個護士和穿著消防員制服的矮胖男人站在面前。

「不行，請繼續躺著，您現在還不可以起身。」

護士邊說邊按下他的肩膀。

羽仁男這才明白，自我了結的努力功虧一簣。

…………………

稍早前，他在最後一班國營電車裡吞服了大量的安眠藥。另一種更為精準的敘述則是，他是在車站的飲水機前服藥後踏進車廂，躺在空無一人的椅子上，隨即失去了意識。

這個自盡的舉動並不是深思熟慮後的決定，而是當天傍晚在經常光顧的那家小館子裡用餐看晚報的時候，他突然不想活下去了。

「外務省驚傳間諜滲透／搜索日中友好協會等三機構／麥納馬拉[1]部長確定轉任／入冬以來首度對東京發布霧霾警報／羽田機場爆炸案主謀青野因『惡行重大』求處無期徒刑／卡車翻落鐵軌慘遇貨車撞擊／死者心臟主動脈瓣移植少女成功／鹿兒島銀行辦事處遭歹徒劫走九十萬圓」（十一月二十九日新聞）

報上盡是一些司空見慣的內容，平淡無奇。

沒有任何一篇報導足以激起他心中的漣漪。

然後，他腦中倏然萌生了尋短的想法，如同一般人忽然想去郊遊野餐那樣稀鬆平常。假如非要讓他說出個理由不可，只好說正是因為找不到任何理由自殺，所以才要自殺。

羽仁男沒有失戀，也不是一個會為了失去愛情而走上絕路的人。其次，他並不缺錢花用。他是個行銷文案撰寫人，那支五色製藥「胃怡錠」的胃藥電視廣告，就是他的作品。

胃悶退散
胃灼退散
胃痛退散
一錠享受爽快人生

他才華洋溢，備受業界肯定，大可自立門戶，只是他壓根沒想過要自己開公司。目前任職的東京廣告公司支付的高薪令他十分滿意。可以說，在昨天之前，他一直

1 麥納馬拉（Robert Strange MCNamara, 1916-2009），美國商界人士暨政治家，曾任美國國防部長及世界銀行行長。

是個兢兢業業的員工。

對了！仔細想想，促使他尋短見的導火線就是那件事。

翻閱晚報時他懶散地癱在椅子上，於是內頁緩緩地滑落到桌子底下。

他還記得當時自己瞥視那張報紙，猶如一條慵懶的蛇看著身上慢慢蛻去的鱗皮。片刻過後，他打算將它撿拾起來。其實大可扔著不理，他也不清楚催逼自己撿拾報紙的究竟只是小小的公德心，抑或是恢復世界秩序的遠大意志。

總之，他屈身到那張不太平穩的小桌子下方，準備伸手去撿。

就在這個剎那，他目睹了出乎意料的狀況。

一隻蟑螂紋絲不動地伏在那張滑落的報紙上。幾乎就在他伸出手的同一刻，那隻呈桃花心木色、通體泛著賊亮光澤的蟑螂一骨碌地落荒而逃，藏匿到報紙那密密麻麻的鉛字之間了。

他終究撿起報紙，把方才瀏覽的那一張暫擱桌面，改讀剛拾起的這一張。不料視線方落，滿紙鉛字竟然化為一隻隻蟑螂。他難以置信地凝目細看，那些有著油亮亮的紅褐色背部的鉛字迅然一哄而散。

（唉，人生在世也就那麼回事。）

這件事對他猶如醍醐灌頂，伴隨而來的念頭就是一心求死。

不過，這樣的敘述未免淪於為解釋而解釋了。

事情不是區區三言兩語就能說清楚的。只是一想到連報紙的鉛字都變成蟑螂了，活下去也沒什麼意思，「尋死」的意念隨即嵌入腦中。就像站在雪中的紅郵筒戴上一頂白白的雪帽那樣，從那一刻起，死亡便與他形影不離。

於是，他興奮地上藥房買了安眠藥，買完又捨不得立刻服藥，乾脆一口氣看了三部電影，走出電影院後再去經常光顧的獵豔酒吧消磨時間。

換做是以前，他絕不會對鄰座那個看起來腦筋很不靈光的豐腴女孩產生興趣，可是現在卻忍不住想告訴她「我等一下就要去死了」。

他抬起手肘頂了頂她厚實的手肘。女孩朝他瞄了一眼，嫌麻煩似地將坐在椅子上的身軀費力地轉向他，擠出笑容，活脫脫像顆會笑的蕃薯。

「妳好。」

羽仁男開口搭訕。

「你好。」

「妳好漂亮。」

「嘻嘻！」

「妳猜得到我的下一句話嗎？」

「嘻嘻！」

「猜不到吧？」

「說不定猜得到哦！」

「我今晚要自殺。」

女孩沒有一絲訝異，反而張口大笑，邊笑邊扯下一塊魷魚乾使勁扔到嘴裡嚼個不停。魷魚乾的腥羶竄入羽仁男的鼻腔久久不散。

不久，女孩的朋友來了，只見她誇張地高舉著手，和羽仁男連一聲招呼也沒打就逕自起身離去了。

羽仁男孤伶伶地跟著踏出店外，對於女孩不相信他將要自盡一事感到怒不可遏。

時間還很充裕，為了貫徹必須於「末班電車」內執行計畫的目標，只得想辦法打發時間。他走進一家小鋼珠店玩了起來。機台不斷滾出珠子。眼看著生命就要劃上句點了，偏偏小鋼珠源源不絕噴湧而出，彷彿在譏笑他的人生。

總算熬到末班電車的時間了。

羽仁男通過驗票閘門，在飲水機前服下藥，踏進車廂。

2

羽仁男未能如願離世，等待著他的是無比自由卻又有些空泛的生活。

彷彿就從那天起，一成不變的日子戛然而止，一切的匪夷所思都不足以令他詫異了。每一個日子都不再復返，每一個日子都像整然排列的一隻隻翻白肚的死青蛙那般了無生機。

他遞了辭呈。營收亮眼的東京廣告公司豪氣地支付了優渥的離職金。這筆錢可以讓他過上無須仰人鼻息的逍遙生活。

緊接著，他在一家三流報紙的求職欄刊登了這樣一則廣告，並在末尾附上地址：

「**性命出售，任憑差遣。現年二十七歲，男性。保證嚴守祕密，風險自擔。**」

他也不忘提筆揮毫寫就優美的藝術字體，將牌子掛在公寓的房門上：

「**Life for Sale　山田羽仁男**」

廣告刊出的第一天，無人登門。不必上班的羽仁男並未整天活在百無聊賴之中，他懶洋洋地在房間裡看看電視、發發呆，任由思緒徜徉。

按理說，在被救護車載往醫院急救的當下他陷入昏迷，應當對發生的一切無從知悉；但奇妙的是，每當救護車的鳴笛聲傳來，那時躺在救護車裡的場景卻仍歷歷在目。他清晰地記得自己躺在擔架上鼾聲如雷，穿著白色制服的消防員坐在一旁緊緊摀住毛毯以免他因行駛間的顛晃而跌落下去，並且那位消防員的鼻梁旁長著一顆好大的黑痣……

羽仁男重獲的新生像家徒四壁的房屋一樣，空空如也。

直到刊出廣告的第二天早上，總算聽見了敲門聲。

他開了門，眼前站著一位衣著講究、身材不高的老先生。對方謹慎地觀察羽仁男背後是否還有其他人在，並且趕緊反手將門闔上。

「你就是山田羽仁男先生吧？」

「我是。」

「我在報上看到那則廣告了。」

「請進。」

羽仁男不愧是設計界人士，以黑桌椅搭配紅地毯來塑造住家風格。他請老先生進入屋內。

老先生口中發出眼鏡蛇般的嘶嘶聲，禮貌性地向他欠身致意後才落坐。

「願意出售性命的人是你吧？」

「是的。」

「你看起來還年輕，日子過得也不錯，怎麼會有這樣的念頭呢？」
「那是私事，您還是別過問吧。」
「那麼……這條命，你打算怎麼賣？」
「您決定就好。」
「自己的命值多少錢總得由自己訂價，豈可交給別人決定呢？萬一我說花一百圓買下，那要怎麼辦？」
「一百圓也無妨。」
「別開玩笑了。」
老先生從懷裡掏出錢包，抽出五張簇新的萬圓鈔，像玩撲克牌那樣攤成扇形。
羽仁男面不改色地從老先生手中抽走那五萬圓。
「好了，謹遵吩咐，絕不推諉。」
「這個嘛……」老先生掏出一支附有濾嘴的香菸，
「吸這種菸不會得肺癌，你也來一支？不過，一個要出售性命的人用不著擔心得肺癌吧。」

「我想委託的案子很好辦。

內人……說得精準些是我的第三任妻子，今年二十三歲，我正好比她多活了半個世紀。

她長得相當迷人，乳房像一對感情不睦而背對背的鴿子那樣往兩邊袒露，嘴唇也是慵懶而甜美地上翹下蜷。惹火的身材沒話說，一雙玉腿更是美妙極了。時下流行的是近乎病態的瘦腿，她的腳則是從豐滿的大腿往腳踝漸漸變細，太漂亮了。臀部也和土撥鼠入春後拱出的土堆一樣飽滿渾圓。

那女人拋下我去外面快活，目前是某個第三國人[2]的情婦。那個第三國人是大壞人，名下有四家餐廳，曾經因為土地糾紛殺了兩三個人。

我想請你接近內人，與她相好，故意讓那個第三國人發現你們私通，屆時你肯定喪命，內人恐怕也逃不了死劫。如此一來，我總算得以一吐怨氣，這個主意不錯吧？……委託的內容就是這樣。你願意按計畫赴死嗎？」

2 第二次世界大戰後駐日盟軍與日本政府使用此詞指「二戰宣戰國以外的第三國國民」，通常指在日朝鮮人，後來演變為貶義詞。

「這樣哦……」羽仁男面無表情地聽完老先生的話。「問題是，真能按照如此浪漫的劇本進行嗎？您的願望是報復尊夫人，萬一她心甘情願與我攜手踏上黃泉之路，那該怎麼辦呢？」

「那女人和你不一樣，怕死得很。這種『賴活總比死了強』的意念簡直像寫滿她全身上下的法咒一樣強大。」

「您確定嗎？」

「再過幾天你就懂了。總而言之，希望你可以按照計畫死去。不必簽合約吧？」

「沒有必要。」

老先生又一次發出嘶嘶聲，思索半晌後問道：

「死了以後，需要我為你做什麼嗎？」

「沒有。不必下葬也不用造墳。只是，我一直很想養暹羅貓，卻又嫌麻煩而終究沒養。如果您能在我死後代替我養一隻，那就太感激了。還有，不要用普通盤子餵奶，我想像的畫面是把牛奶盛在大鑵子裡餵食。先等貓啜了一兩口，再抬高鑵子頂起牠的下巴繼續餵，讓牠沾得滿臉都是牛奶。麻煩您務必這樣每天餵牠一次。這點非常重要，請千萬別忘了。」

「我不明白你在說什麼。」

「那是因為您一直生活在墨守成規的世界裡。就拿今天這項委託來說吧，只能說是老掉牙的劇本。對了，假如我活下來了，這五萬圓要退還您嗎？」

「那倒不必。如果發生那種情況，請一定要殺了內人。」

「那不就成了買兇殺妻了？」

「我倒沒有想到這點。反正我要的是讓那女人從世上徹底消失，並且不願意為此感到一絲一毫的內疚。我已經受夠窩囊氣，若還要加上內疚，可就太吃虧了。⋯⋯言歸正傳，我希望你今晚立刻行動。衍生的相關費用請提出申請，我會全額支付。」

「我該去哪裡進行計畫呢？」

「帶上這份地圖。目標就在這座山坡上一棟名為貝佳斯華廈的豪宅，八六五室。應該是位在頂樓的奢華住宅。我不知道內人什麼時間會待在那裡，那些事你得自己去查清楚了。」

「請問尊夫人的芳名是？」

「岸琉璃子。和岸首相[3]同姓，琉璃二字是平假名。」

老先生說著，臉上流露出異樣的光芒。

3

老先生離開時闔上門後忽又折返說了一段話。他身為性命的買家，理當提出這樣的要求。

「喔，忘了交代一件重要的事：你絕不能洩露我的身分，更不能透露委託的內容。既然要出售性命，總該有基本的職業道德吧？」

「請儘管放心。」

「不如寫張保證書給我吧。」

「您別說笑了，假如寫了這種保證書，不就證明我接受了您的委託嗎？」

「有道理。」

老先生那鑲工欠佳的假牙發出嘶嘶聲，憂心忡忡地再次踏進屋裡。

「那麼，如何讓我信任你呢？」

「不是全面信任就是全盤質疑，只能二擇一。您來到這裡付了錢，單憑這一點我就相信人與人之間存在著信賴。話說回來，老先生，我是在完全不知道您真實身分的前提下接受了委託，這樣您還不放心嗎？」

「我可沒那麼傻！琉璃子肯定會告訴你的！」

「說得也是。但是我對您的身分不感興趣。」

「好吧。活到這把歲數，閱人多矣，一見到你就知道值得信賴。需要錢的時候到新宿車站中央出口的留言板寫上『需款孔急，明早八點，Life』。我天天都逛百貨公司，在開門營業之前的那段時間閒得發慌，若想在上午碰面，時間愈早愈好。」

老先生準備告辭，羽仁男也跟著走到門外。

「你要去哪裡？」

「當然是貝佳斯華廈八六五室啊。」

3 岸信介（1869-1987），日本昭和時代著名的政治人物，三子佐藤榮作與外孫安倍晉三皆曾任首相。

「你可真性急。」

羽仁男忽然想起一事，伸手把掛在門上的那片「Life for Sale」翻過來。牌子的背面寫的是「**已售**」。

4

貝佳斯華廈是一棟白色的義大利式建築，遠遠地即可眺見它昂然傲視著山坡下擁擠的市街，根本用不著拿手上那份地圖比對查找。

他睇了一眼服務櫃臺，沒人在，只有張空椅子，也就逕自往裡走向電梯。此時的他像個沒有自我意志的懸絲木偶一般地邁動兩條腳，臉上帶著無需承擔任何責任的清爽神情，與自殺前的他判若兩人，可以說快意人生莫過於此。

上午時分的華廈一片寧靜，他沿著八樓走廊前行，很快就找到了八六五室。他摁了門鈴，屋裡傳來一陣悠揚的叮咚聲響。

（家裡沒人？）

不過，第六感告訴羽仁男，那個女人今天早上一定是一個人在家。因為這時候正是情婦送情夫出門後睡回籠覺的時間。

胸有成竹的羽仁男沒有放棄，持續按鈴。

半晌過後，總算聽到有人來應門的動靜。大門被拉開，門扉連著鏈鎖，從鏈鎖繃緊的門隙探出一張女人的面孔，表情略顯訝異。身穿睡袍的她不像剛睡醒，五官精緻，稜角分明。老先生形容得很傳神，她的唇瓣確實有點外翹。

「你是誰？」

「我來自Life for Sale公司，請問夫人需要保個壽險嗎？」

「真晦氣，老是有人上門推銷壽險。告訴你，我會長命百歲，用不到那種東西！」

女人語帶慍怒卻沒立刻甩門，看來不至於興趣缺缺。羽仁男使出推銷員的慣用招數，搶先將穿著皮鞋的一隻腳卡進門隙裡。

「我不奢望夫人讓我進門，只希望讓我說幾句話，不會佔用您太多時間的。」

「老爺肯定會罵人的。何況我現在衣衫不整……」

「那麼，二十分鐘以後再來拜訪，可以嗎？」
「嗯……」女人想了一下。「你先去別家推銷吧，過二十分鐘再來按鈴。」
「沒問題。」
羽仁男將腳縮回，大門順勢關上。
羽仁男坐在走廊盡頭窗畔的沙發上打發了二十分鐘，在這裡能夠俯瞰冬日暖陽下的窗外街景。他比任何人都清楚，這座城市猶如被蛀蝕得千瘡百孔的白蟻窩。當然了，人們見面時少不了寒暄幾句：
「早啊！」
「最近工作還好吧？」
「嫂夫人好嗎？孩子們呢？」
「國際緊張局勢一觸即發哩！」
然而，誰也沒察覺到這樣的交談已經不具有任何意義了。
……他抽了兩三支菸，又再次去敲門。
這回倒是很順利地敲開了大門。女人換上一襲領口低敞的嫩綠色套裝，請他入內。

「請進。喝茶嗎？或是來點酒？」

「我們這些跑外務的可沒受過這等破天荒的禮遇。」

「你哪裡是賣保險的？我剛才一眼就識破了。要演戲也得演得高明一點嘛！」

「好，真人面前不說假話。那麼，請給我一杯啤酒吧。」

琉璃子笑著俏皮地眨了一隻眼，翩然穿過客廳進了廚房。與纖瘦的身形不成比例的豐滿肥臀格外吸引羽仁男的目光。

沒過多久，兩人各自端起啤酒乾杯。

「好了，你到底是什麼人？」

「就當我是送牛奶的吧。」

「我可沒那麼好騙。你冒險來到這裡，總該是『明知山有虎，偏向虎山行』吧？」

「我不知道。」

「那麼，是誰派你來的？」

「沒有人派我來啊。」

「這就怪了。難道你是亂槍打鳥，就這麼剛好按到我這個性感美人家的門鈴嗎？」

「嗯，就是這麼回事。」

「你可真是吉星高照。噢，我忘了準備下酒菜。一大早拿洋芋片配啤酒好像不太搭調……啊，應該還有乳酪！」

她匆匆忙忙去開了冰箱，接著傳來一聲：

「嗯，冰透了！」

她隨即端來盤子。墊在生菜葉片上的是一個黑色的物體。

「請享用。」

說著，琉璃子突然繞到羽仁男的背後。

下一秒，某種冰冷的東西從後方抵住羽仁男的面頰。他往側邊一瞟，看到一把手槍，卻沒有因此而感到驚恐。

「喏，是不是沁心涼呀？」

「的確。妳向來把它藏在冰箱裡嗎？」

「是呀，我討厭熱呼呼的武器。」
「真講究。」
「你不怕？」
「沒什麼好怕的。」
「以為我是女人就沒放在眼裡？我會慢慢逼供，你就邊喝啤酒、邊誦念阿彌陀佛吧。」
琉璃子小心翼翼地挪開槍，繞到對面的椅子坐了下來，手裡那把槍依然瞄準羽仁男。他穩穩地端著啤酒杯，好整以暇地看著琉璃子的手微微顫抖。
「裝得真像拉保險的。你是第三國人吧？在日本待幾年了？」
「愛說笑，我可是道道地地的日本人。」
「騙人！你一定是在我家老爺底下做事的，本姓不是金就是李！」
「我倒想請教，怎麼會有如此荒謬的推測呢？」
「看你沉著應對的模樣，果然不是什麼正經人。……既然抵死不認，我只好把你心知肚明的事情再說一遍了。我家那口子是個醋罈子，昨晚又一次憑白無故懷疑我，真是煩死了。看來，他終於決定派小弟來監視我了；甚至不是遠遠地跟蹤，而是明目張膽進到家裡勾引我、試探我。我不會上當的！你膽敢靠近一步，我立刻開槍。這把手槍就是他送給我防身的，當然就是希望能派上用場。……等等，你或許是在不知情的狀況下被派來的，這麼說，中計的人其實是你！……也就是說，你根本不曉得自己是被挑中送來這裡讓我射殺、用以證明我恪守婦道的犧牲品。」

「這樣哦……」羽仁男無奈地抬眼望向她。「既然逃不過一死，不如和妳上過床再死吧。我保證只要願意和我上床，事後一定任憑宰割。」

羽仁男眼看著琉璃子的神態愈來愈焦躁，彷彿在看著山嶽地圖上標示得密密麻麻的等高線。

「我說什麼都嚇不著你，你該不會是ＡＣＳ的人吧？」

「有ＡＣＳ這家電視臺嗎？」

「少裝蒜！你隸屬於Asia ConfiDential ServiCe（亞洲機密服務組織）吧？」

「我愈聽愈迷糊了。」

「絕對錯不了！唉，我真笨，險些殺了人，一輩子逃不出他的手掌心。他編出了這套浪漫的劇本以使我淪為他的寵妃。先是讓我為了守護貞操而動手殺人，然後再由全日本有辦法窩藏殺人犯的五位大老之一的他以此為由牢牢地拴住我。天啊，太可怕了！怎麼不早講你是ＡＣＳ的人嘛！」

琉璃子自顧自地說完，將槍隨手扔到一旁的靠墊上。

「早講你是ＡＣＳ的人不就沒事了嘛！」

琉璃子又說了一遍。羽仁男懶得解釋，乾脆繼續讓她誤認自己是「ＡＣＳ的人」。

「這麼說，你要找的人是我家老爺嘍？我根本不知道你們約好了拿壽險當暗號，老爺應該事先交代一聲的。話說回來，你的演技真差，是ＡＣＳ的菜鳥吧？到底受過幾個月的訓練呀？」

「六個月。」

「欸，太短了。要在這麼短的時間裡精通東南亞各國語言以及中國各地方言，真不容易。」

「好說好說。」

羽仁男只好隨口搪塞。

「不過，膽識過人的這點倒是讓我佩服。」

神清氣爽的琉璃子恭維完後起身，望向陽臺外。陽臺上擺著白漆斑駁的戶外椅，同款設計的戶外玻璃桌的邊框仍殘留著瑟瑟發抖的昨日雨滴。

「他託你運幾公斤？」

儘管羽仁男壓根不明白她問的是多少公斤的什麼東西，還是回了一句「不便奉告」，接著打了個呵欠。

「寮國的金子很便宜，依照永珍[4]的市場價格，只要想辦法拿到東京，最少也能翻倍賺。聽說上回有個ＡＣＳ的人動了點腦筋，把金子溶入王水後偽裝成一打蘇格蘭威士忌帶回來再還原成金子，是真的嗎？」

「只是為了邀功請賞而誇大事實罷了。拿我來說吧，是穿著一雙外貼鱷魚皮的黃金鞋回國的，兩隻腳冷得要命。」

「就是這雙鞋嗎？」

難掩好奇的琉璃子朝羽仁男的腳下打量許久，卻無從窺得黃金的重量和光澤，反而讓羽仁男窺見她俯身時露出的深邃乳溝。那正是老先生所說的因感情不睦而「背對背」的那對乳房，由左右兩邊往中間硬擠所形成一道粉白色的乳溝。琉璃子大概在胸前撲了粉。羽仁男想像著若是親吻她的乳溝，一定和把鼻子拱進那種老牌爽身粉裡的感覺一樣。

「聽說美國的武器是經由寮國走私到日本的，具體上是怎麼運進來的？借道香港嗎？其實何必這樣大費周章，立川基地附近多得是美國的武器嘛。」

羽仁男沒有答覆，自顧自問了她：

「請問貴府老爺什麼時候回來？」

「中午會回來一趟。他應該告訴過你了吧？」

「我只是想盡快拜會所以提早過來。既然如此，趁他回來之前我們先睡一覺吧！」

羽仁男又打了個呵欠，脫下西服外套。

4 寮國首都。

「你好幾天沒闔眼了吧？老爺的床借你躺一躺。」

「不必，睡妳的床就好。」

羽仁男猛然抓住琉璃子的手。琉璃子奮力掙扎，伸長了手再次握住那把槍。

「傻瓜，找死嗎？」

「妳家老爺回來也好、不回來也罷，我反正同樣難逃死劫。」

「對我來說可大不相同！趁早殺了你我還能活下去，萬一老爺進門撞見我們一起睡在床上，兩個人都會沒命的。」

「原來這就是妳的如意算盤。我倒想問問，妳可知道毫無理由殺害ＡＣＳ的人會遭到多麼嚴酷的處罰嗎？」

琉璃子倏地面色煞白，搖了頭。

「會變成這樣。」

羽仁男走向擺飾櫃，拿起一個瑞士的傳統玩偶，做出擊打背脊的動作，將玩偶仰面折成兩截。

5

羽仁男逕自脫個精光，鑽入被窩裡，漫不經心地想著後續的行動。

「關鍵在於盡量拖時間，拖得愈久愈好。這樣才能提高她家老爺回到家裡撞見後一怒之下槍殺我的機率。」

他覺得在歡愛之際被殺死是一種美好的死法。這種死法對老人家而言有損體面，但發生在年輕人身上卻是再神氣不過了。

不過，最完美的狀況是在被殺的前一刻依然毫無所覺，就在欲死欲仙的巔峰直接墜入死亡的深淵，這才稱得上是最佳死法。

可惜羽仁男無法以這種方式死去。他既然接下這件案子，就必須在知道自己即將被殺的狀態之下盡量拖延歡愛的時間。換做是平常人，這種恐懼不安勢必會對性愛的歡愉產生影響，可是羽仁男並非泛泛之輩。因為他早已經歷過死亡張著血盆大口逼近眉睫的情境，也就沒什麼好大驚小怪的了。在步向死亡之前，還擁有由每一個瞬間串連起來的生命，而他的任務就是盡量拖延時間，並且盡情享受那些時光而已。

琉璃子對自己的身材想必頗為自豪。她隨意將窗前的百葉窗關上一半，也沒有闔攏窗簾，就在如同水族館的幻藍光影中脫得一絲不掛。羽仁男可以清楚看見赤身裸體的她在敞著門的浴室裡站在鏡前，拿起香水朝腋下噴灑，往耳後點抹。

從背到臀的曲線是那麼圓潤，摟在懷裡一定很舒服。羽仁男凝視著眼前的景色不禁興奮起來，連忙告誡自己得冷靜一點。

片刻過後，赤裸的她先是優雅地繞床一周，才以駕輕就熟的動作上了床。

羽仁男忍不住好奇，問了個掃興的問題：

「為什麼要在床邊走一圈？」

「這是我的儀式。很多狗在睡覺前也會這麼做呀，算是一種本能吧。」

「真教我開了眼界。」

「來吧，時間不多了，快抱我！」

琉璃子閉上眼睛，兩手勾住羽仁男的脖子，語氣慵懶地對他說。

羽仁男原本的戰術是先慢慢小試身手，回到預備階段，接著二度嘗試，再次返回預備階段，透過這樣循環操作的方式讓她慾火焚身，以便爭取更多時間。沒想到在他第一次試行時就驚覺事態發展完全超乎預期，難怪老先生會對琉璃子的肉體念念不忘。羽仁男的計畫險些失敗，好不容易才挺了下來。

重要的是要讓琉璃子想要永遠與他纏綿，哪怕死亡危機已近在眼前也無所畏懼。為了達成此一目標，羽仁男不惜使出渾身解數，務必要吊足胃口，使琉璃子慶幸仍在持續進行，不願意輕易罷休。羽仁男有把握藉由間歇性休息的技巧讓她滿意。琉璃子的肉體已呈桃紅色，他知道她雖躺在床上，卻覺得像是輕飄飄地浮在天上。淚流滿面的她猶如伸手試圖抓住天窗灑入的光束，卻旋即跌落地面的囚徒。

羽仁男先攻再憩，憩後又攻，然而每一次嘗試總是差點掉進琉璃子那渾然天成而不可思議的圈套裡。他為了保留體力，必須極力克制自己不可得到滿足，只能茫然地遠眺對方逐步攀上夢幻階梯的背影。

不曉得過了多久，羽仁男聽見有人輕輕轉動鑰匙開鎖的聲響。

琉璃子絲毫沒有察覺，緊閉雙眼，微微冒汗的臉龐不斷左右甩動。

「總算大駕光臨嘍！」

羽仁男思忖，接下來應該就是一把加裝滅音器的手槍從他的後背到琉璃子的前胸射穿一條血紅色的隧道了。

他聽見房門輕闔的動靜，顯然有人進到房裡了。然而，什麼事情都沒有發生。

這下羽仁男連轉頭都懶，心想既然對方慷慨給予充足的時間，乾脆來個完美的收尾。若能死在攀上絕頂的那一刻，真該謝天謝地。儘管這一刻並不是生命的終極目標，他還是誠心享用這塊天上掉下來的餡餅，縱身躍入琉璃子那無與倫比的美妙陷阱裡。可是等到體內的餘韻都平息得差不多了，依舊沒有發生任何情況，直到這時他才像昂首擴頸的蛇一般，從琉璃子的身上轉過頭去。

映入眼簾的是一個樣貌滑稽的肥胖男士身穿款式罕見的杏色外套、頭戴貝雷帽，偌大的素描本攤放在腿上，手握鉛筆專注作畫。

「啊，別動、別動！」

男士低聲提醒，視線又回到畫紙上。

一聽到男士的聲音，琉璃子陡然跳了起來。她滿臉驚恐的神情嚇到了羽仁男。

琉璃子猛力扯過床單裹住身體，坐在床上。被搶走遮蔽物的羽仁男落得全身赤裸，只得就這樣坐在床邊，眼睛餘光在琉璃子和那個中年男士之間來回逡巡。

「怎麼不開槍？怎麼不快殺了我？」琉璃子尖聲斥問，接著放聲大哭。「我知道，你想慢慢折磨我到死！」

「犯不著大吼大叫，冷靜一點。」不願放下畫筆的男士對羽仁男視若無睹，以不太流利的語調回應，「我正在打底稿，最後的成果應該不錯。你們運動的樣子很美，激發我創作藝術的靈感，妳先靜一靜別出聲。」

羽仁男和琉璃子只好保持緘默。

6

「好，畫完了。」

男士闔上素描本，摘下貝雷帽，一併擱到桌面。他接著走向兩人，像小學老師那樣兩手叉腰，囑咐他們：

「快穿衣服，會感冒的。」

羽仁男聞言，頓時希望落空，只好一件件穿回稍早前扔了一地的衣物。裹著床單的琉璃子憤然起身，進了浴室。拖在地面的床單被門板勾住，她不耐煩地嘖了一聲，使勁扯下被勾到的部分，砰的一聲甩上門。

「來這邊坐。喝一杯吧？」

男士開口招呼。

羽仁男迫於無奈，重新坐回方才和琉璃子小酌時的那張椅子。

「那女人梳妝打扮得磨蹭好久，少說也會在浴室待上半個鐘頭。我們在這裡空等也沒用，不如先喝一杯。你喝完這杯就乖乖回家吧。」

男士從冰箱拿出一瓶曼哈頓，動作瀟灑地在兩人的雞尾酒杯中分別擱入一顆櫻桃，再往杯裡斟酒。男士那雙手格外厚實，通常擁有這種手形的人性格傾向豁達大度。他手指和手掌的連接處有著酒窩般的凹陷。

「至於你的來歷，我並不想多問。問了也沒什麼意思。」

「可是琉璃子夫人一口咬定我是ACS的成員……」

「你不必在意她的話。ACS只是驚悚漫畫的題材。我這個人非常愛好和平，連一隻蟲子都不曾捏死。只因為她是性冷感，我才會絞盡腦汁為她安排各種情境讓她嚐到刺激的滋味，從而感到滿足。她以為那把玩具槍是真槍，時不時拿出來嚇唬人。我是個徹底的和平主義者，認為各國人民應當和睦友好地互助合作，做做生意、做做貿易。別說傷害別人的身體了，我甚至不想讓任何人傷心，這樣才稱得上是最重要的人道主義，對吧？」

「您說得對極了！」

聽得一愣一愣的羽仁男表示贊同。

「她對於愛好和平的我沒有半點感覺，特別愛看驚悚漫畫，喜歡追求刺激。我只好演戲，向她吹噓自己是個殺人魔，還編了ACS等等的謊言。她很喜歡這種緊張的氣氛，也治好了性冷感，所以我就一直為她營造這種幻想的情境。假如我真是她口中的大壞蛋，以日本強而有力的警網，怎會放任我逍遙法外哩！不過，為了閨房之樂，假扮一個殺人不眨眼的幫派老大也挺有趣的。」

「總算解答我心中的疑惑了。可是，您為什麼願意放了我……」

「你何罪之有？你讓琉璃子盡情享受，也算得上有恩於我，我又怎會責怪你呢？

要不要再來一杯？喝完了這杯，馬上回家，不過最好別再來了，否則我可會醋勁大發。對了，剛才畫好的作品我很滿意，給你看看。」

中年男士攤開那冊素描本。

那幅繪畫技巧高超的素描畫的正是他所謂的「運動」。

即使在當事人羽仁男的眼裡，也覺得那幅畫作是如此的美麗而聖潔，只像是兩隻剽悍的野生小動物正在嬉戲，畫中的男女充滿喜悅的舞姿歡快而活潑，的確精妙地詮釋了「運動」一詞。從畫中絲毫感受不到羽仁男在運動過程中的深沉心機。他不禁由衷讚嘆「真是一幅好畫」，並將畫作還給男士。

「畫得很好沒錯吧？人在感到喜悅的時候最是優美，表情最為和善。我不想打破如此美妙的氣氛，心想不如將這永恆的一幕留在畫紙上吧。……好了，你快趁琉璃子還沒出來前離開吧。」

男士站起來，禮貌性地向羽仁男伸出手。

他實在很不願意握住那雙泡沫橡膠似的手，但也明白該是時候告辭，便順勢起身。

「那麼，再會。」男士說著，走向大門，並將手搭到羽仁男肩上。「你還年輕，忘了今天的事，知道嗎？今天發生的事、這個地方，還有今天見過的人，統統忘掉，知道嗎？忘記一切，才能留下美好的回憶——這句話是我對你人生的祝福。聽懂了吧？」

7

羽仁男得到如此充滿智慧且通情達理的餽贈後，迎向明亮的陽光，不禁覺得今早的體驗宛如一場荒謬的夢境。他一直以虛無主義者自居，此時卻彷彿在一位睿智的成年人開導之下，這才從一介青年蛻變為成熟的大人。說穿了，對方只當他是個小毛頭，不屑與他計較。

他走在冬日的街頭，一路提心吊膽深怕遭到跟蹤，回頭察看，所幸後面一個人也沒有。他開始覺得自己看太多驚悚漫畫了，甚至不單是他，就連那位託他辦事的老先生也信以為真了。

附近有家新開的小餐館，羽仁男進去略事休息。他點了咖啡和熱狗。

女服務生送來法國芥末醬的瓶子，以及從麵包中間夾著油亮鮮脆的熱狗時，他隨口問了一句：

「晚上有空嗎？」

那是一個冷如玻璃的削瘦女孩，大白天的還沒入夜就頂著一臉豔抹濃妝，緊抿的雙唇像在顯現自己這一生從沒笑過。

「還是白天呢！」

「所以我才問妳晚上有沒有空啊？」

「距離晚上還那麼久，哪裡曉得呢。」

「噢，妳的意思是世事難料？」

「是呀，就連十五分鐘以後的事都很難說。」

「十五分鐘？用這麼短的時間單位劃分？」

「電視節目不也是每隔十五分鐘播一次廣告，剛好讓觀眾休息一下，再津津有味地欣賞後面的節目嗎？人生也一樣唷！」

女孩說完，大笑走開。羽仁男搭訕失敗。

不過羽仁男並不介意。很好，這女孩用電視節目當作人生的座右銘。或許這種思維更能讓人感到踏實、準確與安心。連看個電視都會每十五分鐘就被廣告而打斷一次，又何必多想今晚會發生什麼呢。

回公寓也沒事做，羽仁男於是到處走走逛逛，盡量不花錢，半夜才回到家裡。身上雖有五萬圓，總覺得這筆錢得還給老先生。

不曉得老先生會不會來呢？

在與老先生當面算清楚這筆帳之前，他這條命的買家仍是那位老先生，所以門上那個「**已售**」的牌子最好還是保持原狀。

這一晚，羽仁男睡得十分香甜。翌日早晨，有個腳步聲在門外停下，似乎盯著牌子思索片刻，並未敲門就離開了。有那麼一瞬間他懷疑是殺手來滅口了，隨即反省自己未免對那個捏造的驚悚故事走火入魔。他煮著早上要喝的咖啡，忍不住對著牆上的鏡子扮了個鬼臉。

傍晚，羽仁男發覺自己竟然等了老先生一整天。他急著見到老先生，請教對方打算如何處理這條命。既然付了錢，好歹總該關心一下自己買的東西吧。他擔心外出時老先生撲了空，整天都沒敢出門。

冬天的太陽下山了。管理員來送晚報。在昏暗的屋裡，報紙從門隙底下塞了進來。

羽仁男先掀開晚報的社會版，赫然看到上面刊著琉璃子的大頭照。

「隅田川驚現美女浮屍。目前尚無法判斷為自殺或他殺。橋邊發現一只手提包，包中找到僅印有『岸琉璃子』而未印住址的名片。」

記者以誇大的筆觸報導這起案件。

8

正當讀過晚報的羽仁男對琉璃子的死悵然若失之際，那位老先生恰好在這個時刻造訪。

老先生興沖沖地進了屋裡，手舞足蹈地嚷嚷著：

「好好好，幹得好！幹得太漂亮啦！而且你還活得好好的，不愧是這一行的專業高手！謝啦、謝啦！」

這番話激怒了羽仁男，他一把揪住老先生的衣襟。「五萬圓還你，帶著你的臭錢給我滾！」他把鈔票塞進老先生的衣袋。「這是買命錢，既然我還活著，就不該收下這筆錢。」

「別氣、別氣，先讓我把話說完呀！」

老先生又掙又踢地奮力抵抗，死死抓著內側門把大呼小叫。羽仁男擔心驚動了公寓的其他住戶，不得已只好放開他。老先生跌坐在地，誇張地大喘粗氣，齒縫間嘶嘶作響，爬了一會兒才搆到椅子坐上去，這才重新端起架子開口訓斥：

「怎麼可以對我這個老人家動粗呢？」

老先生這時才發覺衣袋裡被塞了錢，憤而抓出來扔在菸灰缸上。羽仁男興味盎然地等著老先生擦火柴燒了那疊鈔票，但是老先生並未採取進一步的行動，那疊皺巴巴的鈔票像一把髒兮兮的人造花開在菸灰缸裡。

「不能怪我那麼高興，畢竟年輕力壯的你根本無法想像琉璃子有多麼瞧不起我。那女人罪該萬死，死有餘辜！我問你……你睡過琉璃子了吧？」

羽仁男雖是火冒三丈，老先生最後這句話還是讓他不得不低頭看向地面。

「被我說中了吧？你們睡過了吧？我沒說錯吧？這女人不同凡響吧？你也這麼覺得吧？凡是和她睡過的人都會恨她，因為往後和別的女人上床都變得索然無味。……坦白說，我這把歲數已經沒辦法和她行房。既然如此，唯一的方法就是殺了她。」

「瞧您說得簡單。這麼說，是您殺了她囉？」

「欸，這話可不能亂說。假如我辦得到，又何必來委託你？殺她的人是……」

「確定是謀殺嗎？」

「當然是謀殺啊！」

「我總覺得這一切都不像真的，只是由意想不到的偶然所引發的一連串事件。我打算明天再去那棟華廈一趟——」

「千萬別去！現在那地方一定有警力駐守，你這一去不就等於自投羅網嗎？你可不能做這種傻事。」

「這麼說也有道理。」

羽仁男心想，去了也於事無補。那副柔嫩的嬌軀已經不復存在，即使進到那間人去樓空的屋子也無法讓她起死回生，唯一剩下的是躺在冰箱裡的那把手槍了。

「倒是有件事我怎麼都想不透……」

羽仁男終於冷靜下來，向老先生詳述自己的經歷。

老先生聆聽時齒縫發出嘶嘶聲，他那布滿老人斑的手時不時神經質地摸一摸領帶結，抑或撫一撫稀疏的髮絲，在不經意間流露出年輕時講究穿戴的習癖。他將目光投向窗外，望著在窗畔燈光映照下於房簷間隨著寒涼夜風擺盪的乾枯垂柳，彷彿在惆悵地追憶著昔日歡樂時光。

「最匪夷所思的是，他居然沒殺我？要是我以後出面作證不就糟了？」

「這有什麼好想不透的。那個男人當然早就決定要殺她，你在那裡反而礙了他的大事，懂嗎？想必那個男人和我一樣被她搞得精疲力竭，身虛體乏了。若是連你一起殺了，不就等於親手把你和她送到另一個世界雙宿雙飛了嗎？所以他寧願採取可以獨自佔有那個女人的方式殺了她。不得不說，你的行動強化了他的殺意。」

「可是，那個男人真的會痛下殺手嗎？看起來實在不像。」

「你真是缺乏識人之明。他可是殺戮組織的大當家，早就想好了脫身之計，即便你日後出面作證也休想抓住任何把柄。說不定他現在就在那棟豪華大廈裡面為琉璃子的死假惺惺地表演一齣傷心欲絕的戲碼哩。我勸你及早忘掉這樁凶殺案，反正到頭來還是逮不到真凶。你犯不著淌渾水，就專心做你的生意吧。……好了，額外給你五萬圓以慶祝任務完成。」老先生在那只刻花玻璃的大菸灰缸上又放了五張萬圓鈔票，準備起身離開。

「您的意思是，我們以後不會再見到面了吧？」

「但願如此。琉璃子應該沒提起我吧？」

忽然間，羽仁男決定開個玩笑，便說：

「這個嘛，也不算隻字未提。」

「什麼？」老先生的臉色刷地發青。「莫非她說了我的身分和名字……」

「您覺得呢……？」

「你想勒索我？」

「您並未觸犯刑法，我又怎能勒索您呢？」

「話是沒錯……」

「您和我不過是合力試圖在社會上推動某種具有危險性的齒輪。按理說，僅憑我們這點微薄的力量，絕不可能撼動社會分毫；但假如不惜以一命換一命，說不定真能如願取人性命，這不是很神奇嗎？」

「你這人真怪，簡直像自動販賣機。」

「您說得對極了！只要拿銅板扔進我這臺機器，就會為您賣命。」

「人類可以變得像機器人那樣嗎？」

「關鍵在於能否看破生死嘍。」

羽仁男咧嘴一笑。這個笑容令老先生不寒而慄。

「你到底要多少數額？」

「覺得不夠的時候再去找您，目前這樣就夠了。」

老先生一刻不敢耽擱地奔向大門。

「既然我沒死，您就不必幫我養隻暹羅貓了。」羽仁男在他背後高聲提醒，然後將手伸到門外，把那個牌子重新翻回正面的「Life for Sale」，打著呵欠返回屋裡。

9

他曾在鬼門關前走過一遭。

所以，對這個世界既不必負責，也無須執著。

在他看來，人世間不過是一份印滿蟑螂般鉛字的報紙罷了。

那麼，琉璃子又是如何呢？

人們發現了琉璃子的屍身，接下來警方必將積極查案。羽仁男有把握無人目擊自己造訪過那棟華廈。不僅在走廊等候的那二十分鐘未與任何人打過照面，在離開後也沒有人尾隨他回到公寓。換句話說，他宛如化作一陣輕煙，消失無蹤。既然如此，也就不會被找去偵訊，反倒是那位老先生極有可能會被請去警局問話。至於老先生會不會說出羽仁男的事，這點倒是完全不必擔心。因為很明顯地，老先生相當害怕被人發現自己和羽仁男之間的關係。

因此，就算羽仁男殺了琉璃子，這起命案亦終將成為一樁懸案。

想到這裡，羽仁男頓時頭皮發麻。

該不會真的是自己殺害了琉璃子吧？

該不會在這一切都超越現實的世界中，就在自己熟睡的那一晚，那個頭戴貝雷帽的詭異男士對失去意識的他施了催眠術，指使他去殺了琉璃子吧？

該不會他售出自己的性命，結果卻成了殺人的工具吧？

不，這些都是胡思亂想。他不需負一絲一毫的責任。

這個社會與他羽仁男之間的連結，應該早就斷得一乾二淨了。

可是，他和琉璃子那段浪漫甜蜜、繾綣纏綿的回憶，算是什麼呢？他的肉體感受到的極度喜悅，又有什麼意涵呢？

或者應該問，是否真有這個名為琉璃子的女人呢？

他決定不再為自己出售性命的事患得患失了。

今夜一個人找點樂子吧。這條命不僅賺到十萬圓，甚至還可以繼續轉賣。

羽仁男覺得獨酌之類的活動太平凡了。他倏然想起櫥子裡有個面貌滑稽的老鼠布偶，便去找了出來。這是以前擅長做這種工藝品的一個女孩給他的禮物。

這個老鼠布偶有著狐狸似的尖嘴，鼻尖冒出寥寥幾根毛，小小的眼睛是用黑珠子縫的，到此為止算是常見的設計；然而不尋常的是，它穿著一件精神病患的緊束衣。那是一種雙臂穿入極長衣袖並在胸前交叉，從而限制上肢活動的白色上衣，質料十分堅韌。衣服的胸前還寫了一行英文，意思如下：

「注意，此患者性情凶狠殘暴。」

羽仁男認為，這隻老鼠由於穿著緊束衣，才無法自由活動。他進一步合理推測，正因為這是一隻發狂的老鼠，所以有著一張平庸而大眾化的鼠臉。

「鼠兄。」

他招呼了一聲，老鼠沒有回應。或許這隻老鼠罹患了厭人症。

儘管它不是《城市老鼠和鄉下老鼠》那個故事裡的主角，但說不定同樣是來自鄉下的老鼠，不僅受到狡猾的東京老鼠欺騙，又在大城市的沉重壓力之下感到難以喘息，於是不斷思索著一隻身在繁華都會中的渺小老鼠究竟能做些什麼，在苦思不得其解的折磨之下終於發病了。

羽仁男計畫與這隻老鼠共進一頓悠閒的晚餐。

他與老鼠隔桌而坐，在緊束衣外面圍上餐巾之後請老鼠稍候。那隻發狂的老鼠正襟危坐，等候上菜。

羽仁男精心安排了鼠輩喜愛的菜色，特意準備了乳酪以及尖牙可以輕易啃嚼的迷你牛排。

他再為自己張羅了一份，端上桌後請對方開動。

「鼠兄，儘管吃吧，別客氣。」

可是老鼠沒有回應。或許這隻發狂的老鼠還罹患了厭食症。

「欸，怎麼不吃呢？不喜歡我特地為你準備的餐點嗎？」

還是沒有回應。

「我知道了，你的意思是用餐時得有背景音樂營造氣氛才行。還真講究。好吧，我來找找你會喜歡的曲子。」

他放下尚未吃完的晚餐，走過去把德布西的〈沉沒的教堂〉放進立體音響裡播放。

老鼠仍舊繃著臉，一口也不吃。

「你這傢伙真難伺候。既然是老鼠，不用手就能吃東西呀？」

依然沒有回應。羽仁男勃然大怒。

「不喜歡我做的菜？不吃拉倒！」

羽仁男拿起盛著迷你牛排的盤子反手朝老鼠的臉砸了過去。

椅子上的老鼠應聲翻落地面。

羽仁男捏了捏老鼠。

「死了？這樣就死掉，丟不丟臉啊？說話啊？欸，我可不幫你辦喪事喔，更沒那個閒工夫幫你守靈。老鼠就該和其他老鼠一樣，死在骯髒的老鼠窩裡變成老鼠乾。你呀，生前一無是處，死了同樣一文不值。」

他拈起那隻死老鼠，扔回原本的櫃子裡。

他接著將死老鼠沒動過的迷你牛排送入嘴裡。肉丸子似的口感好吃極了。

羽仁男聆聽德布西的音樂，心裡想著：

「在旁人眼中，這只是一個孤獨的人為了逃離孤獨所做的無聊遊戲。我發誓，必將永遠和孤獨為伍。千萬別妄想與孤獨為敵。」

忽然，有人輕輕敲了門。

10

羽仁男開門一看，眼前站著一個頭盤髮髻、毫不起眼的中年女士。

「我從報上看到您的廣告。」

「噢，好的，請進來坐坐。我正在吃飯，稍待一下，馬上好。」

「不好意思，打擾您用餐了。」

女士戒慎恐懼地打量著屋裡的擺設，走了進來。

他不明白為何每個顧客進門時都是這副畏畏縮縮的模樣。拿錢買下別人的性命，這不是名正言順的事嗎？

羽仁男邊吃飯邊拿眼窺看，從她那身和服裝束穿得潦草馬虎看來，似乎不是家庭主婦，而比較像是在專科學校教授英國文學的老小姐。成天面對青春洋溢的女學生，使得同為女人的她不自覺地展現出「成熟穩重」的另一面。如果是這樣，這位女士的實際年齡或許要比外貌來得更為年輕。

「其實，我天天都悄悄來門口探看，可惜門上那個牌子始終顯示著『**已售**』。既然有人買走了，也就表示您已經死了，可是我一直很想確認結果是否如此。今天，我抱著最後一絲希望來這裡看一看，沒想到牌子居然顯示著『**Life for Sale**』，總算放下心了。」

「是的，前一件工作順利結案了。我這條命雖然賣掉，但最後還是活下來了。」

羽仁男煮了餐後的咖啡，順便為女士倒了一杯。他端來兩杯咖啡時詢問：

「請問找我有什麼事？」

「不曉得該從何說起。」

「在這裡不需要有任何顧忌。」

「還是不知道該怎麼說才好。」女士沉默片刻，忽然睜大那對半月形的眼睛直視羽仁男。「您這回若是把性命賣給我，恐怕就無法生還了。這樣，您還願意接案嗎？」

11

女士看到羽仁男聽完後依然面不改色，有些洩氣似地抿一口咖啡，又一次語帶威脅地說道：

「真的是去送死喔？不要緊嗎？」

「嗯，沒關係。您先把來龍去脈告訴我吧。」

「那我就開始說了。」

女士攏緊了衣襬，彷彿害怕孤男寡女共處一室會遭逢不測。她真的多慮了。

「我在某間小型圖書館擔任借還書的職務。別想從我嘴裡套出是哪間圖書館。

整個東京的圖書館幾乎和警察局一樣多，就算講了所在區域您也無從查起。我一個人住，下班後會順便買幾份晚報回家。回到公寓以後必定逐字詳讀，從煩惱諮詢、布告、徵才到交流，各種專欄都不放過。起初我專注於筆友專欄，還專程申請了一個郵政信箱與筆友通信，不過我知道見面以後多半不會有什麼好結果，所以只用文字點燃對方的熱情，然後就停止寫信。」

「為什麼您認為『見面以後多半不會有什麼好結果』呢？」

羽仁男不留情面地質問她。

「每個人的夢想都不一樣！」女士倔強地別開臉。「……您別這樣挖苦人，聽我繼續說。我玩膩了筆友的遊戲，尋求更刺激的通信方式，卻遲遲沒能找著。」

「您這不就找到我刊登的『性命出售』廣告了嗎？」

「讓我把事情說完可以嗎？大約在今年二月，也就是十個月前左右，我忽然發現一則啟事，標題是〈尋書〉。內容是這樣的：『收購山脇源太郎著作《日本甲蟲圖鑑》，昭和二年[5]出版，書況完整。二十萬圓現金交易。來函請寄中央郵局第二七七八號信箱。』

我基於職業病，當下覺得這本書真值錢。畢竟最近二手書價格高不可攀，想必是一本很難到手的書，甚至是連央託舊書店代尋也買不到這本書，才會刊登這樣的廣告。看完以後並未把這件事放在心上。

圖書館在每年三月的年度盤點時會徹底整理，把布滿灰塵的書籍從書庫裡搬出來，有時還要重新編號，相當累人。有好幾百冊屬於自然科學類的書年代久遠，簡直都快修煉成精了，其中有大約十冊昆蟲學的書引起我的注意。自然科學類的書籍，如果是醫學或物理學門，一旦出現新療法、新藥或是新發現，很多書立刻變得一文不值，但是昆蟲學不至於有這種情形。我拂去灰塵，逐本檢查，赫然看到了其中一本竟然就是《日本甲蟲圖鑑》／昭和二年出版／山脇源太郎著／有緣堂發行。

那則尋書啟事馬上浮現腦海。於是，在圖書館工作多年的我，頭一回心生貪念。」

5 即西元一九二七年。

12

——羽仁男把她接下來敘述的事情彙整如下：

她以前當然連一次都不曾違背過職務。

那筆二十萬圓並沒有立刻轉化為實質性的邪念，卻誘使她動起了想買高價服裝之類奢侈品「以便在其他女人面前炫耀一番」的念頭，這股欲望彷彿炒豆子般發出嗶嗶啵啵的聲響。

她不假思索便將《日本甲蟲圖鑑》塞入手邊的紙屑堆裡，若無其事地繼續整理，然後說一聲「我把紙屑拿去丟」，接著捧起書和那堆紙屑來到走廊，抽出那本書藏到她知道的地方。這樣萬一日後蓋有圖書館館藏章的這本書被人發現，就有藉口說是不小心混在紙屑裡誤棄的。

當晚她回到家，一顆心怦怦跳個不停，像要偷看有害身心的書刊似的揭開了那本《日本甲蟲圖鑑》。塵埃的氣味從書頁間飄了出來。

這果然是一本令人想珍藏的奇書。不曉得作者當初寫書的目的是出於藝術或是興趣。以出版時代而言，原色版的插圖十分精美，不僅呈現出各種甲蟲的不同形狀，其色彩繽紛的背甲還散發著光澤，像極了飾品的彩色印刷廣告。此外，還根據圖片編號詳細列舉每種甲蟲的學名、產地與解說。

最為與眾不同的莫過於這本圖鑑的分類了。本書的目錄並未採用科學分類，而是這樣編排：

第一類　好色科（春藥目、強精目）

第二類　催眠科

第三類　殺人科

不消說，基於老小姐的矜持，她刻意跳過最想看的第一類，先從第二類之後的章節看起。

尤其是第三類的殺人科，不知道被誰在這個章節畫上許多紅線和紅圈。

她在第一三二頁看到一種「篦齒絨毛金龜 Anthypna PeCtinata」，對照圖片發現是一種平凡的茶褐色小甲蟲，頭部至背部之間有明顯的曲線，長著第一足節的粗壯頭部的前方還有毛刷狀的物體往前突出，似乎是隨處可見的甲蟲。

說明欄文字如後：

「此甲蟲產於本州東京一帶，常見於玫瑰、臭梧桐及其他花卉上。容易採集，其催眠效果為人罕知，甚至可利用該作用將他殺偽裝成自殺。若將該甲蟲乾燥後研磨成粉末，與作用於大腦皮質的安眠藥溴化纈草酸尿素混合服用，即可在受催眠者的大腦休眠期間下達指令，誘導其採取各種方式輕生。」

解說內容只有這些。

讀完上述內容之後，直覺告訴她：尋找這本書的人企圖犯罪。於是她拿剃刀的刀片仔細刮掉蓋在封面裡和扉頁上的館藏章，在明信片寫下簡單的文字，並附上自己的郵政信箱號碼，寄到對方的郵政信箱。

「我有您在找的書，書況完整。倘使尚未購得，願以所開條件轉讓，盼能現場完成交易。請賜知交易場所與時間。週日為佳。」

——四天後，女士收到了回信。

對方指定在下週日交易，時間上倒是沒問題，問題是交易地點訂在位於茅崎的一戶姓「中島」的人家，距離最近的藤澤車站還相當遠，感覺上是一幢別墅。信裡附有地圖。

不過這封信裡有不少別字，而且字跡幼稚，連她的名字都寫錯了。她心想：

「這個人好奇怪呀。」

那個週日午後是陽光普照卻難掩春寒料峭的天氣，她按照地圖從藤澤車站走向濱海地帶。

沿著柏油路拐進岔路後，路面變為鋪設沙子，老舊別墅區的石牆底也被沙子淹沒。黃蝶在空中翩飛。別墅區空無人影。近來有不少居民從這裡到東京上班，但是這一帶仍保有別墅區的昔時樣貌，相當清幽。

女士踏入掛著「中島」門牌的古老大門，映入眼簾的是一條長長的沙路通往座落於松林中的洋房，寬敞的庭院格外荒涼，潮濕的海風不停呼嘯。

女士摁了門鈴，前來應門的是個紅臉的胖外國人，嚇了她一跳。沒想到那個外國人能以一口流利得令人錯愕的日語歡迎她的到來。

「謝謝妳的信。恭候多時，請進。」

身穿華麗格紋運動服的外國人領著女士入內，房裡還有另一個瘦得像螳螂的外國人，禮貌周到地從椅子起身問候。

女士已經做好盤算，只要一見情況不妙立刻溜之大吉。在這個約莫十二張榻榻米大的房間裡擺著看起來頗有分量的美式籐椅組，而且就這麼直接放在沒鋪地毯的榻榻米上，像是暫時湊合住一陣的地方。此外沒有值得一提的像樣傢俱，頂多是壁龕擺了一臺彩色電視機。沒有播放節目的映像管螢幕是沼澤水面般的青黑色。

房間的紙門大敞，滿地沙子的走廊通往開闔不順的玻璃門，被大風吹得砰砰直響。門未上鎖，開放的空間給人一種隨時可以逃離的安心感受。

那個瘦男人請女士喝酒，她婉拒了，於是對方端來一杯看似檸檬水的飲料。她擔心萬一在完成交易之前被下了安眠藥可就糟了，雖然渴得要命，還是不敢碰那杯飲料。

會講日語的胖外國人請她落坐之後就沒再開口。由於對方遲遲不提甲蟲圖鑑的事，女士為了引起注意而刻意搓弄那只擱在膝上用來裝那本書的購物袋發出聲響。然而對方仍舊沒有任何反應。

兩個男人對她視而不見，逕自以英語低聲交談。女士雖然完全不懂英文，但從兩人的表情可以知道他們正在討論嚴肅的話題。女士愈來愈不耐煩了。

就在這時，大門的電鈴響了。

「Oh, maybe Henry……」

胖外國人急匆匆地趕向門前。

這時，一名身穿散步服裝、相貌威嚴且較為年長的外國人，牽著一隻全身油亮宛如垂耳海狗的臘腸狗，踱進房裡。從那兩人的神情動作看來，應該是他們的上司。兩人恭敬地向他介紹女士。臘腸狗淫蕩地扭著腰臀。

男士貌似不擅日文，語速極快地以英文說了場面話。那名胖外國人代為翻譯。

「亨利先生說，非常感謝妳依約前來，很尊敬妳。」

女士心裡犯嘀咕，不解有什麼好尊敬的。

「妳把書帶來了吧？」

一聽到這句話，女士大喜過望，心想總算進入正題了。

她打開提袋，將書遞了過去。

「別忘了給錢哦，money。」

她拜託那個胖外國人翻譯，可是沒被理睬。擔憂被平白搶走書的恐懼竄升到喉頭，令她十分難受。

那個較為年長的外國人不停翻閱，一臉神采飛揚，看得出來相當滿意。

「不好意思，讓妳久等了。因為之前拿到的書都被人裁掉三十頁左右，大概是當時日本的警察裁掉的，這是第一次找到沒有缺頁的書。妳看，亨利先生有多麼高興。得先請他檢查完以後才能付錢。……來，這是二十萬圓，請仔細點收。」

胖外國人那張泛著琺瑯光澤的白皙面頰笑出酒窩，把錢交給了女士。那隻狗湊過去嗅鈔票。

點數完二十張簇新的萬圓鈔之後，女士總算放下心來，暗忖此地不宜久留，立刻起身急著離開。

「咦，現在就要走嗎？」

胖外國人這樣問，而另一個瘦外國人也站起來挽留。

「勞駕遠道而來，吃頓便飯再回去如何？」

「不了，謝謝邀請。」

女士很想趕快甩掉他們，急著走人。

因為她覺得再不快走，只怕會撞見某種駭人的場面。

胖外國人倏然靠向她耳邊問說：

「我問妳，想多賺五十萬嗎？」

「你說什麼？」

她愣在原地，以為是自己聽錯了……

13

——女士的這段經歷讓羽仁男感覺有點意思。她雖無女人味，但敘事條理分明，令人聽得津津有味。

「噢，他們開出的條件挺不錯的。所以，妳又賺了五十萬圓嘍？」

「哪有那麼大的膽子呀。我幾乎是不顧一切地逃離那地方了。儘管沒有感覺到被人尾隨，我仍是一路連走帶跑，等趕到藤澤車站的時候已是渾身大汗淋漓。」

「這麼說，您後來又去了那裡嗎？」

「坦白說……」

「是他們找您去的？」

「沒有。七月裡的某個晴朗的星期日我恰好閒來無事，心裡還是放不下那項提議，因此又去了一趟看看狀況。房子裡有人在，我摁了門鈴，結果這回應門的是一位日本太太。我有些慌張地詢問：『請問亨利先生在嗎？』她一副愛理不理的樣子答話：『妳要找那個外國人？春天的時候他短期租下這裡兩、三個星期，後來搬去哪裡我就不清楚了。』我只好摸摸鼻子回家了。」

「這樣啊。……您這段經歷的確有意思，可是和我有什麼關係呢？」

「您再聽下去就了解關係大著呢。」

女士說著，向他要了菸點上。這一連串的舉動沒有絲毫魅力，簡直像賣彩券的老嫗強行推銷彩券的時候順帶向人討菸一樣厚臉皮。

「之後一切平安，我也保留那個郵政信箱，但是對方並沒有和我聯絡。直到最近看到您那則『性命出售』的廣告時，我忽然想到：那五十萬圓該不會是要我當白老鼠吧？這樣的話，事情就說得通了。而且如果他們看到那則廣告，也一定會主動和您聯絡。」

「從來沒有那樣的客戶和我接觸過。況且那種從事非法勾當的外國人，恐怕早就飛去香港或新加坡了吧？」

「假如他們是ACS的人，就有可能。」

女士如此說。

「妳說什麼？」

羽仁男不敢相信自己聽到的話。

14

這樣一位不起眼的女士居然知道ＡＣＳ！

羽仁男原本就懷疑那個第三國人表示只是驚悚漫畫裡杜撰組織的ＡＣＳ，極有可能和琉璃子的死有所關連，現在聽女士這麼一說，馬上聯想到這一切全都環環相扣。說不定自己刊登的「性命出售」廣告被ＡＣＳ拿去做為某項計畫中的一枚棋子。

但是換個角度想，倘若這位女士隸屬於那個思慮周延的組織，斷無道理透露ＡＣＳ的存在。既然她能隨口提及，想必在茅崎見到那群外國人的過程一定是親身經歷。

「ＡＣＳ到底是什麼組織？」

「咦，您不知道嗎？那是一個名為Asia ConfiDential ServiCe的祕密組織，據說涉及毒品走私。」

「您為什麼會知道那種事？」

「因為有外國人利用圖書館進行毒品交易嘛。那個外國人天天來我們圖書館，那份毅力令人欽佩，而且長相瀟灑又待人和氣，聽說是洛杉磯C大的副教授。我還和同事聊過，看他日以繼夜研究日本史的態度，一定是那個領域的知名學者呢。

後來，我留意到他在閱覽室裡慣坐的座位旁邊總會坐著一個同樣常來的日本人，那個人看起來像是失業了。他們似乎是在圖書館裡認識的。那個日本人同樣只借閱日本史的相關書籍。有個女同事甚至說過：『那位先生自己是日本人，反而常向造詣深厚的外國人請益日本史，根本顛倒過來了。』

過了一陣子，擔任櫃檯承辦人員的女孩和那個外國人逐漸熟識，邀他到附近的咖啡廳坐坐，可惜外國人性格謹慎，請她找朋友一塊去，女孩儘管不高興也只得約我們同行。我雖然提不起興致，還是陪她赴約了。

記得那是在去年五月的時候，當天傍晚發生的事情至今依然歷歷在目。那個外國人當然精通日語。圖書館閉館以後天色還算亮，我們沐浴在餘暉中，沿著圖書館到市區那條林蔭之路漫步。我們三個女生領著那個外國人到時常光顧的咖啡廳，在欣喜雀躍之餘也帶有幾分較勁的意味。

四人進到店家坐下來談天說地。口才了得的外國人甚至恭維我們：『能夠和諸位美女一起享用來自南蠻的香茗，我覺得自己彷彿是身在大奧[6]的德川將軍哩！』這樣的玩笑話似乎有些冒犯，可是由多德威爾先生說來卻不會讓人覺得他意有所指。

我們天南地北聊個沒完，多德威爾用他那給人好感的語氣（不過他的日語缺乏真心，像是上了太多潤滑劑的機器那樣油腔滑調的）問了我們這個問題：

『各位小姐，妳們曉得什麼是ＡＣＳ嗎？』

『不曉得。是電視臺的名稱嗎？可是日本的電視臺好像沒有這樣的名稱。會不會是美國的電視臺呢？』

『是電視機廠家的名稱嗎？』

『我覺得可能是某個國際農業合作組織，例如 AgriCulture Cooperative System 的縮寫。』

我們三人當中的一個故意賣弄，我和另一個女生都嫌棄地瞪著她。

外國人一臉竊笑，聽完以後才解開謎底。『最後這個答案比較接近。它的確是國際組織，不過是一個叫做Asia ConfiDential ServiCe的祕密組織。這個組織相當可怕，而且就在妳們身邊喔。』

我們頓時起了雞皮疙瘩，豎起耳朵聽多德威爾先生往下講。

『在圖書館裡有個日本人常常坐到我旁邊問些歷史方面的問題，對吧？那間圖書館的其他讀者都不會像他那樣打擾別人，我不太高興，而且他總是問很無聊的問題。

例如，『楠木正成[7]有幾個孩子？』我並不清楚，又嫌他煩，於是隨口回答『十個』。沒想到他一聽頓時眼睛發亮。事後回想起來，那可能是他們之間的口令，卻被我碰巧猜到了對口暗號。』

儘管暗號正確，他仍然保有戒心，沒有直接表明身分。直到前天，他突然劈頭問了一句：『這麼說，你不是ACS的人吧？』

6 江戶幕府將軍的女眷內宅，相當於後宮。
7 楠木正成（1294?-1336）日本鎌倉幕府末期至南北朝的知名武將。

我訝異地反問：『ACS是什麼？』

『Asia ConfiDential ServiCe。……老天保佑，我差點認錯人殺了你。』男人露出一抹冷笑，說完以後就走了。』

『我嚇得冷汗直流，一想到項上人頭險些不保，不由得直搓脖子。看來，他一直以為我是那個組織的成員。』

『哇，好恐怖！您怎麼沒有馬上報警呢？』我們三人紛紛嚷著。

『算了，把事情鬧大只會自找麻煩。』選擇了息事寧人的多德威爾抿了抿敦厚的嘴角。

——自從那一天之後，多德威爾再也沒有來過圖書館了，唯獨ACS這個名稱我始終不曾忘記。」

15

……聽到這裡，羽仁男不太有把握地說：

「那個叫做多德威爾的男人，說不定真是那一個組織的成員。」

「如果真的是，他為什麼要說出來呢？」

「可能是他以為在圖書館與人接頭的事被發現了，所以才想反過來試探妳們知道多少吧。」

「是哦？」

女士看起來已經不想繼續談論這個話題了。

「那麼，言歸正傳吧。」

「嗯。談了那麼久，該是時候解釋我為什麼要來買下您的性命了。既然那個名叫亨利的外國人還沒有與您接觸，也就表示那天我離去前他們詢問『想多賺五十萬嗎』的那項提議應該還沒有找到適當的人選。當我看到『性命出售』的報紙廣告時就想到您正是測試那種箆齒絨毛金龜藥粉的最佳人選。我只收十萬圓的介紹費就夠了，其餘的四十萬圓，您願意把命賣給我嗎？我保證在您死前把那四十萬圓送到您親人的手上。」

「我沒其他親人。」

「那麼，賣出性命的那筆錢要怎麼處理呢？」

「請您拿那筆錢購買不易飼養的大型動物，譬如鱷魚或是大猩猩，並且終生不嫁，就和那隻鱷魚或大猩猩過一輩子，牠就是您的最佳伴侶了。您可絕對不能動歪腦筋，把鱷魚賣掉被人剝皮做成手提包哦，一定要每天餵食和帶去做運動，盡心盡力養育牠。每一次看到那隻鱷魚，就要想起我。」

「您真是異類。」

「這句話應該奉送給您。」

16

女士馬上寄了封限時專送郵件到亨利的郵政信箱，上面僅僅寫了兩句話「同意五十萬圓金額，但是藥物受試者為男性」。對方隨即回覆，同時指定了會面的日期時間。

雙方約在一月三日晚間，地點是芝浦倉庫街上的某座倉庫。

羽仁男與女士會合之後，在冬夜寒冷的月色中頂著幾乎快被捲走的強風，聯袂來到荒涼的倉庫街。他伸手敲門，在敲到第五下的時候門扉開啟了。兩人沿著通往地下樓層的階梯轉了好幾圈，終於抵達一扇冷冰冰的鐵門。

鐵門打開，迎面撲來一股熱氣。房裡暖氣很強，是一間鋪著紅地毯、約莫十二張榻榻米大的西式房間。

房裡有兩個方形大窗，窗外是髒汙的海底，水中充斥著各種髒東西和垃圾，連一尾魚都看不到。有個死魚似的偌小泛白物體漂浮在窗框旁，好像是人類的胎兒，羽仁男趕緊別過臉去。

相較於窗外，房裡十分舒適，裝在電暖器裡的紅色燈光打在假木柴上。大概是怕燒柴時的煙氣飄到外界才使用這種電暖器。

房間裡的三個外國人正等著羽仁男他們。那個牽著臘腸狗、年約五十的外國人應該就是亨利了。

女士先開口：

「您們上回向我提議過『想多賺五十萬嗎』，對不對？」

「對，我問過。」

其中一個外國人以日語回答。

「您們的意思是問我願不願意當藥物受試者吧？」

「一點也沒錯。」

「所以我把他給帶來了。我已經買下他的命，請支付五十萬圓。」

外國人大為訝異，把這個情形用英語向亨利轉述。三人嘀嘀咕咕地商量半晌。

「這麼說，您知道可能會因此失去性命嗎？」

「我明白。」羽仁男氣定神閒地說，「用不著那麼吃驚。各位也很清楚，人生毫無意義可言，人身不過是一副臭皮囊，犯不著如此大驚小怪。」

「您說得是。我們得到圖鑑之後努力採集篦齒絨毛金龜，與溴化纈草酸尿素混合後製成藥物，找了兩三個人服用。試驗結果確實如書上寫的，受試者會服從命令，但是我們還沒有嘗試過指使受試者自殺。我們很想知道，面臨生死關頭之際會不會激發人類的求生意志。只要一找到有意尋死的人，馬上就能進行這項試驗了。」

「既然談妥了，請先給我五十萬圓。」

女士要求。亨利吩咐另一個男人拿來一疊鈔票，仔細點數了五十張萬圓鈔之後交給女士。女士從中抽出十張收入自己的手提包裡，餘鈔遞給了羽仁男。

其中一個外國人將一柄手槍擱到桌上，說道：

「子彈已經上膛，保險也開了。只要朝著自己扣下扳機，當場一槍斃命。」

羽仁男坐進一把安樂椅，將對方遞給他的藥粉和著水嚥了下去。

……………………

沒有發生絲毫變化。

他一點也沒有感覺世間從這一刻起變得更有意義。

在花叢間穿梭來去的平凡甲蟲、那種終其一生除了把髒兮兮的鼻子拱進花粉嗅個沒完以外啥事都不做的懶惰甲蟲，即便現在把用那種甲蟲研磨的粉末吃下肚，平淡的世界也不可能就此成為一片繁花似錦。

忽然間，眼前這位刻板平庸的老小姐面部的表情頓時放大到清晰可辨。他以前不曾發現，女士眼睛底下那一條條皺紋、那粗糙臉頰上的一個個皮膚毛孔、那一根根蓬亂的髮絲，倏然像同時敲響無數大鐘般高聲吶喊著：

「我愛你！」

「我愛你！」

「我愛你！」

羽仁男恨不得摀住耳朵將那刺耳的噪音隔絕在外。

若能讓世間變得有意義則死亦無悔。世間本就沒有意義因此死亦無妨。羽仁男不知道前述這兩種感受的平衡點在哪裡。在他看來都一樣，反正自己是死定了。

他四周的景物漸漸化為流體旋轉起來，風灌進壁紙裡吹得鼓脹，像黃色鳥兒的東西成群飛舞讓人眼花繚亂。

音樂在耳畔流淌。隨著樂聲，眼前不禁浮現出一幕情景：濃綠的森林如海藻般擺盪搖曳，形似紫藤的花串掛滿枝頭，樹下有著難以計數的野馬疾馳。他不解為何會出現這樣的幻想，只覺得好比是滿版填塞著蟑螂鉛字般的報紙那樣乏善可陳的世界正在卯足全力幻化成美好的事物。「也用不著那樣賣力吧？為了毫無意義的東西如此費勁，未免太可悲了。」羽仁男對著眼前的景象在心裡暗暗指摘。

然而，他並沒有因此陶醉或迷惘。剎時之間，幻化的方式出現了變化。他的周圍忽然冒出了數不盡的巨大尖針，亮晶晶的，針頭陡地綻出如仙人掌花般的東西，滿眼都是紅黃白三色仙人掌花。羽仁男心想，這花真土氣。下一秒，尖針又變成了電視的天線，而高樓後巷那些藍色塑膠垃圾桶則像廣告氣球那樣飄在樓房之間。

「庸俗至極，無趣透頂。」

羽仁男又一次在心中表示不屑。

「感覺如何？現在願意去死嗎？」

遠遠地有個人的聲音問道。

「好，可以上路了。」

羽仁男剛一答應，立刻覺得身體輕飄飄的。方才分明像被綑在椅子上動彈不得，此刻已是行動自如。只不過肢體動作彷彿必須聽命於人，但這樣反而有種放手一搏的快感。

「那就去死吧。接下來請按照指令執行，不會讓您感到痛苦的。」

「了解，謝謝。」

「現在開始——請把右手伸向前方。」

「像這樣嗎？」

「沒錯沒錯！」

羽仁男覺得自己好像只在心裡講話，應該連自己都聽不到聲音，可是對方的回答與指令卻都正確無誤。

「來，請摸桌面那個黑色的、硬硬的東西，用力握住。對，就是那樣。現在還不能扣扳機喔。先把它慢慢舉到自己的太陽穴。放輕鬆，盡量放輕鬆，肩膀不要用力。聽好了，把槍口緊緊抵在自己的太陽穴上。感覺怎麼樣？冰冰的吧？很舒服吧？就像發高燒時躺在冰枕上一樣舒暢是不是？接著慢慢地將食指勾住扳機……」

17

……槍口已經抵在自己的太陽穴上，羽仁男的手指即將扣下扳機。

就在這一剎那。

某人撲上來搶走手槍，一聲槍響隨即在羽仁男身旁響起，狗兒的哀嚎在耳中迴盪。

突如其來的變故造成藥力失效，他甩甩頭站起來，房裡的一景一物再次清晰地映入眼中。那位女士倒臥在他腳邊，身軀扭曲，太陽穴鮮血直淌。

紅臉的胖外國人、像螳螂的瘦外國人以及翩翩紳士的亨利三人神情茫然地站在女士的屍體旁邊。

羽仁男捧著昏沉的腦袋從三個男人間探頭打量女士的屍體。女士的右手牢牢握著那把手槍。

「發生什麼事了？」

羽仁男問那個紅臉的外國人。

「死了。」

外國人呆愣半晌，總算開口以日語回答他。

「為什麼？」

「唯一可能的理由就是她愛你愛到入骨，所以願意為你而死。可是，就算不忍心看你死去，頂多搶走你那把手槍就夠了，何必代你送命呢？」

羽仁男努力凝聚那隨時都會渙散的神智，集中精神思考女士為何自殺。理由其實很簡單，她愛上了羽仁男，卻沒有自信能讓羽仁男愛上她，於是選擇了死亡。這確實是唯一可能的原因了。

「我們都親眼看到她是自殺的。」紅臉的外國人接著說，「沒什麼好擔心的。」

羽仁男根本沒思索過這件事該如何善後。平白無故被一個女人愛上簡直是莫名其妙，況且還是被一個其貌不揚的女人愛上，甚至不惜為他輕生，實在太荒謬了。他真不敢相信自己兩次出售性命，卻接連害了兩條命。

羽仁男饒有興味地看著那三個外國人將如何收拾這個場面。假如他們殺他滅口，就能了卻心願了。

三人湊在一起窸窸窣窣地商討。臘腸狗依然朝著屍身嗚嗚低鳴。這隻已被徹底馴服的狗在看到血之後，彷彿體內凶殘的天性倏然覺醒。自屍身底下汩汩湧溢的刁滑血流好似趁著混亂四下逃竄。女士大大張著嘴，那漆黑空蕩的洞穴裡像是有一條暗路通往世界的盡頭。她雙目半闔，披散的稀疏髮絲掩著其中一邊眼睛。

「說起來，我還是頭一遭近距離看著屍體。連我老爸老媽的屍體都沒有這樣看過。你們不覺得屍體真像摔破的威士忌酒瓶嗎？瓶子一旦裂開，裝在裡面的液體自然會流出來。」

渾濁的海水在窗口悠悠盪盪。三個外國人還在商議。就連英文程度不佳的羽仁男也能聽懂他們提到了航班和航空公司等等與飛機相關的字詞。

他們隔著手帕從女士的手提包裡拿出十張萬元鈔塞進羽仁男的手裡。其中一個告訴他：

「這裡發生的事請不要說出去，封口費給你。萬一說出去，這就是你的下場。」

外國人比了個割喉的動作，還煞有介事地模擬了斷氣時的聲音。

那群外國人開車把羽仁男送到了濱松町車站。沿途三人都閉上嘴巴，並且對羽仁男裝作視而不見。

羽仁男揚手揮別了那輛車，就像送走了只是一起去野餐的點頭之交那樣，沒有一絲感傷地轉身離開。

他買了國營電車的車票，爬上階梯。

腦海裡又一次出現那種難以言喻的感覺。

毫不起眼的水泥臺階彷彿永無止境。

羽仁男拚命往上爬，卻怎麼也到不了月臺，像是爬了幾階就相對多出幾階。上方傳來清晰的到站與發車的警示音，可以感覺得到電車抵達、乘客魚貫下車、電車出發，然而自己正在奮力攀爬的階梯卻始終無法串連到那個場景。

自己已是黃泉之人，早就掙脫了道德、情感，乃至於世間萬物的一切束縛，可是死去的女士那沉甸甸的愛意偏又深深地烙印在腦海裡。在自己的眼裡，其他人分明無異於蟑螂呀！

羽仁男愈爬愈覺得階梯像一道白色瀑布沖向他的胸膛。忽然間，他已經站在月臺上。電車來了。他帶著極度的疲勞，踏進車廂。車廂裡亮得像天堂，空蕩蕩的，成列的白色塑膠吊環整齊劃一地來回擺動。他抓住其中一只吊環，卻覺得是被那只白色的吊環緊緊抓住自己。

18

……他滿腦子只想知道那件事的下文。

這回他真的累了，便把門上的牌子翻到「**已售**」的那一面。他的壽命竟是因為疲憊而得以延長，實在太奇妙了。難不成還得有充沛的精力才能夠和死亡的意念進行持久戰嗎？

然而，不論是第二天的報紙或第三天的報紙，始終沒有刊出在那個奇特的海底密室發現自殺女屍的相關報導。那具屍身會不會一直躺在那個地方，直至腐壞生蛆？

漸漸地，羽仁男找回了原本的生活步調。所謂原本的生活步調是指自從他輕生未遂之後經歷過的所有非現實且不合常理的感受。活在那個時空的他彷彿被裹覆在一個沒有喜怒哀樂、全然模糊不清的輪廓之中，唯有間接照明似的「不具意義」不分日夜地在他的人生映上柔和的光影。

日子一久，他開始這樣說服自己：

「打從一開始就沒有那位女士，更沒有什麼莫名其妙的海底密室。」

轉念之後頓時輕鬆不少，他打算趁著年節上街逛逛。很久沒和女人溫存了，心裡有股說不上來的感覺。

走在新宿街頭，他瞥見一個小姐走進正在做促銷的商店，視線隨之駐留在她的臀部。雖說天氣稍有回暖，那個未穿外套的小姐仍是引人側目。裹在那件有些褪色的綠色格紋裙子底下的臀部就像雷諾瓦[8]畫筆下的仕女那般渾圓，在冬天的陽光下特別彰顯其豐饒的生命本質，好比剛開盒的簇新牙膏軟管那飽滿的光澤所呈現出來的新鮮感覺，能夠讓人享受一個清新的早晨。

羽仁男不由自主地跟隨那個臀部一同踏進促銷商店。

小姐在清倉拍賣的毛衣前面停下了腳步。沙坑似的箱子裡堆滿了被顧客揉皺的各色毛衣。

小姐正在專心挑選毛衣，而站在一旁的羽仁男則端詳著她的側臉。

嘟著嘴的她大白天的耳下就垂晃著一對鳳梨模樣的銀色耳環，應該是在三流酒吧上班的女人。不過她的側臉十分標緻，鼻梁翹起的弧度堪稱完美。羽仁男向來見到塌鼻子的女人就覺得厭世，因此這位小姐美麗的鼻形使他身心舒暢。

「一起喝杯咖啡吧？」

羽仁男懶得花心思搭訕，直接問她。

小姐連抬眼都沒有，滿不在乎地回他一句：

「先等我挑完再說。」

說完她繼續全神貫注地挑選毛衣，從中抽出一件，攤開黑蝙蝠似的衣袖打量思索。從她嘟嘴的樣子看來似乎不太中意。顯眼的紅金雙色公司標誌在毛衣的胸前飄來擺去，像極了七夕詩籤。

「便宜是便宜，可是……」

小姐嘟噥了一聲，接著第一次正眼看著羽仁男，把毛衣拿到自己胸口比了比之後問他：

「怎麼樣？漂亮嗎？」

8 雷諾瓦（Pierre Auguste Renoir, 1841-1919），法國印象派繪畫大師，擅長以純熟的方式描繪人物，尤其以豐滿、明亮的女性最為經典。

那隨意的口氣好像在問同居十幾年的男朋友似的，讓羽仁男有些驚訝。他看著那件原本像隻死蝙蝠的東西軟趴趴地一貼到她的胸脯上，毛衣的前胸部位忽然隆了起來。

「不錯嘛。」

羽仁男回答。

「那就買這件嘍。等我一下。」

小姐說著，走向結帳櫃臺。

羽仁男心想，若是她要求我掏錢買下那麼廉價的毛衣，兩人也未免太像老夫老妻，因此他很滿意地望著小姐打開自己錢包的背影。

他們來到附近的咖啡廳點餐之後，小姐開口了：

「我叫真知子。你想和我上床，對不對？」

「可以這麼說吧。」

「討厭，講得一副事不關己的樣子。」

小姐故作成熟地發出朗笑。

一切可說是水到渠成。真知子表示自己七點上班，於是羽仁男隨她回到兩條街外的一棟破舊的公寓。

真知子打了個呵欠，主動鬆開短裙側腰的鉤扣，告訴他：

「我呀，一點也不怕冷哦！」

「我知道。瞧妳連外套都沒穿就曉得妳渾身發燙。」

「討厭，真懂得吊女人的胃口。不過，我並不討厭懂得吊胃口的男人。」

真知子這樣說。

她身上飄出一股鄉村的乾草味。那氣味濃到羽仁男在完事之後甚至懷疑有乾草沾附在自己的西服上。

19

兩人先在小酒館裡簡單用餐之後，羽仁男再送小姐到酒吧上班，然後他去看了部黑道電影，但沒看完就提前離場，回到家差不多是八點過後了。

他正要開門卻險些絆倒。昏暗之中定睛一看，原來有個人蹲在門下。

「什麼人？」

一個穿著學生制服的矮瘦少年默默地站起來。

少年有張老鼠似的小臉，表情黯淡。

「真的賣掉了嗎？」

少年這句沒頭沒腦的問話聽得羽仁男滿頭霧水，隨口反問：

「什麼？」

「我在問你，你的命已經賣掉了嗎？」

少年的聲音又尖又細。

「是啊，牌子上不是寫了嗎？」

「騙人！明明活得好好的，如果賣掉，你應該死掉了呀！」

「說來話長。進來吧。」

羽仁男對這個少年有種莫名的好感，便讓他進來家裡。

羽仁男先開了燈，再開了暖爐，少年吸著鼻子到處張望，看完以後站在原地說：

「怪了，看起來不像是窮人，怎麼會把命賣掉呢？」

「小孩子別多問。人人都有難言之隱。」

羽仁男說著，示意少年坐下。

少年大模大樣地一屁股坐下，隨即抱怨：

「哎唷，累死我了啦，足足等了兩個鐘頭耶！」

「我這條命已經售出，幫不上你的忙了。」

「哼，我看過牌子的另一面了！你想休息的時候就把牌子翻過去，對吧？這點小把戲，我可不會上當的。」

「哦，滿聰明的嘛。進入正題吧，你這位小朋友有那麼多錢買下我的命嗎？」

「誰說沒有？」

少年解開外套上的金鈕扣，像拿月票那樣輕輕鬆鬆地從內側口袋掏出一大疊萬圓鈔票，擺到羽仁男的面前。粗估至少有二十萬圓。

「哪裡來的這麼一大筆錢？」

「放心，不是偷來的。只是賣了幾張家裡的藤田嗣治[9]素描而已。對方狠狠砍了價，沒辦法，誰讓我急著用錢呢。」

如此豪氣的口吻，使得這個看似可憐兮兮的鼠臉少年頓時展現出名門子弟的風範。

「哇，失敬失敬。那麼，買下我的命要做什麼呢？」

「我是個非常孝順的兒子。」

「很好。」

「我爸死了很多年，只剩我和媽媽相依為命，但是我媽生病了，我實在不忍心看她受苦。」

「你是指令堂嗎？」

「對。」

「我能幫上什麼忙？」

「簡單地說，我希望你去安慰我媽。」

「要我安慰一個病人？」

「她雖然生病了，只要有你的安慰，很快就可以康復了。」

「那和買下我這條命有什麼關係呢？」

「急什麼，我還沒說到那裡。」少年紅潤的舌頭探出來舔了下唇。「自從我爸死了以後，我媽就很可憐，生理需求根本沒法得到滿足。一開始還顧慮到我的感受，不好意思表現出來，可是日子一久就再也忍不住了。」

「這種事很平常。」

開始覺得乏味的羽仁男隨口答腔。

這個穿著學生制服的小蘿蔔頭對人生的想法太誇大了。這個年紀的少年滿腦子都是連續劇灑狗血的劇情，還以為自己已經掌握到人生的奧祕，看似具有老成的一面，其實就像生長過久的筆頭菜一樣乾扁無味。羽仁男自認看穿了少年的動機：瞧他專程來找我買命，想必是急著表現出自己已經是大人了。

「所以後來我媽有了男人，可是沒幾天就跑了，然後再找了一個，結果還是跑

9 藤田嗣治（1886-1968），日裔法籍知名畫家暨雕刻家。

了。就這樣前前後後差不多找過十二、三個，一個個到最後都臉色發白地溜之大吉。兩三個月前，我媽被一個深愛的男人甩了，之後就因為惡性貧血而臥床不起。你知道為什麼嗎？」

羽仁男含糊地回答：

「不知道」。

少年的眼睛倏然變得炯炯有神，終於進入正題。

「你知道為什麼嗎？因為我媽非常特別。她呀，是個吸血鬼！」

20

這個少年居然說自己的母親是吸血鬼？

這年頭還有吸血鬼？

可惜少年沒再多做解釋。

性格一絲不苟的少年拿出一張印刷收據，嚴肅地告知羽仁男，「請在這裡填寫二十三萬圓，並且加注『此為預付款，買家不滿意時需全額退還』，然後簽名。」

羽仁男寫完遞去，少年收下填妥的收據，給了羽仁男一番叮嚀：

「我今天有點累，想回家睡覺了，明天晚上八點再來接你，你先吃晚飯吧。還有，離開這裡之前最好先把日常瑣事處理完畢，我猜你大概沒辦法活著回來了；就算能保住一命，少說也要在那邊住個十天。你先做好心理準備吧。」

少年回去之後，羽仁男想起對方在收據上的署名是井上薰。

照這樣看來，這回總該可以一命歸西了。羽仁男心想，今天晚上得睡飽才行。

……………

敲門聲在翌日晚間八點整準時響起。井上薰來接羽仁男了。他和昨天一樣穿著學生制服。

小薰見羽仁男一派輕鬆地準備出門，忍不住再度確認：

「真的不怕死？」

「不怕。」

羽仁男很乾脆地回了兩個字。

「昨天那筆錢怎麼處理了？」

「收在抽屜裡。」

「不存到銀行嗎？」

「存到銀行做什麼？最差的狀況也不過是在我死了以後，公寓管理員從抽屜裡發現那疊鈔票私吞了……。以後你就懂了，我這條命不管標價二十幾萬或是三十塊都沒什麼差別。金錢只有在人活著的時候才能發揮作用。」

兩人走出公寓，信步而行。

「搭計程車去吧。」

少年說著，逕自招了輛計程車，背影看起來顯得分外雀躍。

「去荻窪。」

少年向司機告知目的地。羽仁男忍不住問他：

「看我快死了有那麼高興嗎？」

車內後視鏡映出司機吃驚的目光。

「我沒有那個意思，只是很高興能讓我媽開心而已。」

羽仁男愈來愈覺得這一切都是出自少年的幻想。不過反正開業以來的最初兩件委託案都是以悲劇收場，這次換成接演一場無聊的喜劇也無所謂。

黑夜的住宅區，計程車在一棟氣派的住宅前面停了下來，少年下了車。原本以為這裡是少年的家，卻見少年繼續往前走，左轉之後又走了兩三百公尺，終於來到和方才那棟同樣氣派的房屋，少年把鑰匙插進便門的鑰匙孔裡，在黑暗中抬起頭來，對著羽仁男咧嘴一笑。

屋子裡一片漆黑。少年開啟一道又一道門鎖，領著羽仁男踏入敞亮的客廳。

充斥著霉味的客廳在燈光下展現全貌。裝潢古色古香，貼牆砌造真正的壁爐，爐架上方有一面法國路易時期的鏡子，可惜鏡面霧濛且邊框有裂痕，還有一座由天使扶拱雙側的金色古董時鐘。小薰打了個噴嚏，趨前點燃壁爐裡的木柴。

「這棟房子只住著你和令堂嗎？」

「那當然。」

「三餐怎麼解決？」

「別問這種柴米油鹽的問題啦。飯是我煮的，病人也由我服侍用餐。」

火焰美麗地舞動著，少年從角落的櫥子裡拿來高級白蘭地，將白蘭地酒杯的細長杯腳夾於指縫，熟練地就著壁爐的火焰溫杯之後遞給羽仁男。

「令堂呢？」

「大概得等個三十分鐘吧。只要大門一開，我媽枕邊就會響鈴通知，她聽到鈴聲之後慢慢起床，用心化妝更衣以後才會露面，最快也要花上三十分鐘。她很中意你的長相，等不及你的到來。你這張臉未免太上相了吧？」

「你從什麼地方拿到我的相片？」

羽仁男驚訝地反問。

「昨晚拍的，沒發現哦？」

少年伸手探入學生制服口袋，露出火柴盒大小的迷你相機的一角，態度從容地笑了笑。

「甘拜下風！」

羽仁男晃著掌心的白蘭地酒杯，啜飲一口。濃郁的酒香使他對今晚即將到來的邂逅產生無盡遐想。小薰無聊地把玩著制服鈕扣，端詳著眼前「悠閒地品嚐餐後酒的大人」這種奇妙的生物。忽然間，他跳起來嚷嚷著：

「啊，差點忘了！我得把功課寫完才能上床睡覺，先告退了，請多多關照我媽嘍。還有，我認識一家價錢低廉的葬儀社，後續的事請放心。」

「欸，多待一會兒啊！」

羽仁男話音未落，少年早已消失無蹤。

被拋下的羽仁男只能坐在客廳裡東瞧瞧西看看，消磨時間了。

自己經常像這樣等待著新鮮事，不就和「活著」沒什麼兩樣嗎？在東京廣告公司上班的時候，在那間裝潢摩登且照明刺眼的辦公室裡，人人身穿款式新穎的西裝，個個從事不會弄髒手的工作，那樣的日子才更趨近行屍走肉。此時此刻，一個視死如歸的人，居然一邊獨酌白蘭地一邊期待著未來，哪怕是期待著即將到來的死亡，不是很矛盾嗎？

無所事事的他打量著掛在牆上的獵狐彩筆圖，以及面色蒼白仕女的肖像畫，不經意地瞥見從畫框的框角露出了一疊舊紙張。那裡雖是人們用來藏私房錢的好地方，卻總不至於把私房錢藏在客廳吧。隨著等候時間拖久，羽仁男愈是好奇，終於忍不住站起來走過去把那疊紙掏了出來。

紙張落滿塵埃，顯然許久無人發現。大概是清掃時的移動或碰撞使它從畫框裡面露出一角，絕不可能是刻意要讓客人看到的。

那是一疊陳年稿紙。翻閱時揚起的灰塵使得羽仁男的指頭像是沾上黑蛾的鱗粉那般烏黑。

稿紙上寫著這樣的文字：

〈獻給吸血鬼的詩〉 K

亂髮披散
放縱自我矛盾不設限
春天的河邊

一輛發鏽被扔棄的自行車
有著情欲般的恍惚與
血
是輝煌的流動體
機械式的咬合中
夜色一個一個
填入膠囊
把它當藥丸吞下
抒情的雞開始啼叫
患有亞急性心內膜炎的警員
在怡東酒店的玄關
在酒店的喉嚨深處
拉出紅地毯
規律

歡快信奉絕對革命規律的
吸血鬼要組成黨派了

……………………

滿紙都是以拙劣的字跡寫下諸如此類語意不清的詩句。現在早就不是崇尚這種艱深晦澀的所謂超現實主義的時代了。這些詩是誰寫的呢？比較像是男人寫的，字跡未免太難看了。為了打發時間，羽仁男只好繼續瀏覽手中那疊同類型的詩作，不禁打了呵欠。

忽然有人開門而入，客廳隨即出現一位纖瘦的美女。

羽仁男愣了一下，轉過頭去仔細端詳。

她身穿一襲亮面青色和服，繫著藏青腰帶，面貌姣好，可惜一副病懨懨的模樣，年紀約莫三十歲上下。

「在看什麼呢？哦，是那個呀……猜猜是誰寫的詩呢？」

「這個嘛……」
羽仁男支支吾吾地不知如何回答。
「是小犬，也就是小薰。」
「咦，是小薰同學寫的？」
「看得出來他沒什麼才華吧？丟了捨不得，可是我又不怎麼喜歡那種詩，所以藏在那裡很久了。你是怎麼發現的呢？」
「它從畫框露出一角……」
說著，羽仁男連忙將那疊紙塞回畫框後面。
「我是小薰的母親，小犬承蒙關照，是否添了麻煩呢？」
「您客氣了。」
「請移步，坐到火爐旁邊比較暖和吧？我為您再斟上白蘭地。」
羽仁男依照建議坐進那張棉芯微露的沙發，手臂舒適地擱在兩邊的扶手上。壁爐的火光將扶手的黃銅飾釘映得錚亮。
羽仁男覺得自己儼然像個來找家長會會長夫人懇談的學校教師。

夫人同樣端著一杯白蘭地與他相對而坐，接著朝他舉起酒杯。

「歡迎光臨寒舍，往後請多指教。」

戴在她手上的那枚碩大的鑽戒在紅焰的照耀下閃閃發光。一旁的爐火將夫人的容貌映得更為立體，舞動的火舌襯得她愈發美麗。

「該不會……小薰又說些讓人不明所以的話了？」

「呃……那個……的確說了一些。」

「真是的。這孩子很聰明，卻總喜歡胡思亂想。我覺得可能是近來學校教育素質低落的緣故吧。」

「或許不無相關。」

「學校老師到底是怎麼教的呢？我並不是認為以前的教育方式比較好，只是希望學校能夠教導孩子如何善盡社會義務，以及不造成他人困擾。照現在這種教法，簡直像是付學費給他們把孩子培養成全學連[10]那批人呀！」

「您說得很有道理。」

「真是的，近年來到處都裝暖氣，屋裡變得太乾。東京其實沒那麼冷，卻弄得像住在冰天雪地的北方似的。」

「嗯，那些高樓林立的地區都裝了暖氣，不過我還是喜歡這種壁爐。」

「我們看法一致，真是太好了！」

夫人笑得瞇起眼睛，連眼周的細紋也是那麼美麗。

「我們家是用最天然的方法取暖，夏天也不開冷氣，不像近年來那些高樓大廈都採用那種會烘乾空氣中水分的人工暖氣，若是開上一整晚，連喉嚨都要乾得出血，太可怕了！」

聊了老半天好不容易要切入正題，羽仁男的一顆心也跟著急遽跳動，不料夫人卻又扯到無關緊要的生活話題上了。

「政府大力倡導提升都市的環境衛生，與此同時汽車排放廢氣的問題又好似過度演化的文明那般嚴重，更別提清潔隊根本不來收垃圾了！」

「這陣子清潔隊的工作態度確實相當怠惰。」

10 「全日本學生自治會總連合」的簡稱，由一四五所大學學生於一九四八年聯合成立，訴求包括反對法西斯式教育體制、改善學生工讀低薪，以及學生享有從事政治活動的完全自由等等。

「就是說嘛。身為男士，你能對這類家務瑣事知之甚詳，實在難能可貴！單身男子對於家務煩惱瞭如指掌，反倒是那些結了婚的男人對此裝聾作啞。……你當然還沒成家吧？」

「是的。」

「瞧你那麼年輕，想必正值『血氣方剛』的青春年華。我可以稱你羽仁男先生嗎？」

「當然可以。」

「好極了，那我就這麼稱呼嘍，羽仁男先生。……對了，你對最近草野露子離婚的消息，有什麼看法呢？這可是週刊上的熱門話題唷！」

「對於電影女星而言，那不算什麼大事吧。」

羽仁男的話中透露著「自己對電影女星的花邊新聞沒興趣」的幾分抗拒，無奈夫人曲解了他的意思。

「是嗎？可是草野露子婚後的生活是那麼樣的甜蜜，怎麼會忽然離婚了呢？週刊報導提到的導火線是她丈夫對婚姻不忠，可我不認為是這種陳腔濫調的理由。草野露子是京都人，對家人吝嗇得很，想必是她苛扣丈夫的零花錢，久而久之丈夫再也受不了了。既然為人妻子，怎能讓丈夫活得那麼窩囊呢？羽仁男先生，你曉得她究竟為何離婚嗎？」

「不，我什麼都不曉得。」

在枯燥和焦灼的雙重夾擊之下，羽仁男的語氣難掩不耐。忽然間，夫人的手輕輕搭在羽仁男擱於座椅扶手的手上。他這才赫然驚覺，原以為中間隔著爐火而相距遙遠的兩張椅子，其實近得伸手可及。明明就坐在爐火邊，夫人的手卻分外冰冷。

「不好意思，我的話讓你覺得無聊了。……你不怎麼看電影吧？」

「倒也不是完全不看，只是我喜歡看的是黑道電影。」

「原來如此。我看週刊裡常寫到時下的年輕人最喜歡聊車子。……不過，開快車真是太可怕了。世上最沒有價值的死法就是車禍身亡了。」

「有道理。」

「交通是東京都知事最需要竭盡全力解決的問題。有一次我在第一京濱國道上親眼目睹了嚴重車禍，救護車卻遲遲不來，在場的人都非常生氣，只能眼睜睜看著傷者血流不止，要是能早點送他去醫院輸血就好了。不過，買來的血同樣可怕，聽說有人輸血後染上血清性肝炎呢！」

「的確如此。」

「您捐過血嗎？」

在壁爐火焰的映照下，夫人的眼眸閃動著光芒。

21

「不，我從未捐過血。」

「哎，世上有那麼多人苦於缺血，您怎能不善盡社會義務呢？但凡是個男子漢，就該捨命解救那些可憐人，不是嗎？」

「這正是我今晚來到這裡的理由！我早就決定犧牲這條命了！」

心煩意亂的羽仁男終究忍不住提高了嗓門。

「是嗎，很好。」

夫人嘴角泛起淺淺的笑意，直勾勾地望著羽仁男。羽仁男不由得打了個冷顫。

……一陣沉默過後，夫人開口問道：

「你會留下來過夜吧？」

深夜時分，屋內唯有靜寂。小薰應已入睡。

夫人領著羽仁男來到位於二樓後方的榻榻米房間。那裡不像是病室，沒有夫人臥病在床的氣息，反倒充斥著霉臭與冷寒。

「我這就把爐子點上。」

夫人去把分別置放於三處的煤油爐點上火，房裡旋即飄散著濃濃的煤油臭氣。羽仁男忖度著萬一那三座不安穩的火塔同時倒下，後果將不堪設想。

墊褥足足疊了三床，僅著長襯衣的夫人正要踏上去卻腳步踉蹌，羽仁男連忙上前攙扶。

「最近貧血嚴重，起身的時候常會感到頭暈目眩。」

夫人難為情地解釋。

寢具雖然老舊，仍看得出是上等的絲綢面料。唯一讓人介意的是很少晾曬，致使原本輕柔的被子由於被胎的棉絮飽吸濕氣而變得沉甸甸的。

在緩緩褪去夫人的長襯衣之後，羽仁男驚訝於她渾身上下年輕的肌膚，幾乎不敢相信這會是那名少年的母親。原以為她僅僅憑藉高明的化妝技術使自己的容貌至多三十來歲，然而眼前的肌膚白皙緻嫩又透著冰涼，簡直像是瓷器。不過，雖然沒有一絲皺紋和分毫老態，卻並非緊實而富含彈性，其實更像是芳香宜人的蠟塊，感覺不到一點生氣。一般而言，人類的身體會由裡到外散發出某種光潤的風采，可是她偏偏缺少了那件東西。若要形容她肌膚所呈現的色澤，頂多是像屍體那樣的色澤。從腋下隱約可摸到的骨頭模樣可以感受到她有多麼削瘦，不過乳房的形狀卻十分豐滿，腹部亦宛如裝滿濃稠乳汁的容器那般柔軟雪白。

一股非比尋常的亢奮促使羽仁男抱住她，神情迷離的夫人在他的恣意愛撫中像條蛇似地扭動著溜出了男人的懷抱，接著很自然地覆在羽仁男的上方。

這一連串的舉動沒有讓人感受到絲毫的強迫性。她以出奇熟練的動作溜了出去，在不傷及男人自尊的前提之下，猶如探頭冒出草莓叢的蛇那樣爬到了男人的身體上面。

此時的羽仁男依然陶醉那奇幻的世界裡。忽然間，一抹酒精味飄了過來。似乎正在進行消毒。第六感告訴自己或許是在消毒手術刀。他閉上眼睛，上臂倏然傳來酒精特有的那種灼熱的冰涼感，隨後是一陣疼痛。

「先從手臂開始唷……這手臂真結實……」

夫人如此喃喃說道。下一秒，傷口的痛感轉變為絞痛。原來是夫人的嘴唇正在吸吮。時間凝滯良久。接著聽見夫人的正在嚥下某種東西的細微聲響。當羽仁男恍然大悟她嚥下是自己的血時，頓時感到毛骨悚然。

「謝謝你，相當可口。今晚到此告一段落吧。」

湊過來索吻的唇瓣在檯燈的光線下照出了點點血跡。羽仁男發覺夫人的臉頰恢復了稍早前在壁爐火光旁邊時神采奕奕。那是生機盎然的色澤。包括那雙眼睛，也和街頭的年輕女孩一樣散發著正常而健康的活力……

22

——從這天起，羽仁男就在這幢屋子裡住了下來。

他每一晚都讓夫人吸血，漸漸地，性命安危堪慮。他的靜脈被劃開，被汲取的血量一天比一天多。

某日下午，他無意中從後方瞥見夫人，正全神貫注地研究著攤在面前的一張精心繪製紅色動脈與藍色靜脈的人體血管分布圖。羽仁男雖是在同意一切條件之後住進來的，但在親眼目睹夫人那詭祕的背影時，仍是忍不住對於夫人透過圖表來研究他的軀體感到膽戰心驚。

撇開這一點不談，住在井上家的生活與一般人並沒有什麼不同。

每天一早，當麻雀開始吱吱喳喳地吵擾、窗子也泛起魚肚白的時候，睡意朦朧的羽仁男可以感覺到夫人起身的動靜，不過他總又睡了過去。

夫人是去為兒子張羅早餐的。

自從羽仁男在此留宿的翌日清晨起，夫人就像變了一個人似地神采飛揚。

從夢中醒來的夫人總是心情愉悅，甚至還會哼起歌來。羽仁男直到聽見她把兒子送出門上學後折返臥室的腳步聲才會起床。每天早上看到夫人總覺得她愈來愈健康，愈來愈容光煥發。

然而還有另一個人比夫人更感幸福，那就是小薰。

某天小薰在與羽仁男獨處時這樣告訴他：

「我這件東西買得真對，是我這輩子買得最對的東西了！比起來，就算要用老爸過世後留下來的那幅藤田嗣治畫作來交換也毫不可惜。

因為從第二天早上起，我媽就變得很有精神，還會為我做早餐，家裡的氣氛和樂融融。我不但盡了孝道，自己也感到非常幸福。

而這一切都是託您的福。

不過，我有時候還是有點煩惱等到您死了以後，我和我媽又會過著什麼樣的日子呢？我可是費了九牛二虎之力才找到您這位同時讓我媽和我都相當滿意的人選呀。

其實我很希望您能長命百歲，我媽心裡也一定也是這麼想的……問題是，我媽愈來愈喜歡您了，再過不久她一定會殺了您。

在那天到來之前，也就是在您死之前，請千萬不要拋下我媽喔。我們三個人一起過著幸福快樂的日子吧。說句真心話，我一直很嚮往這種和樂融融的氣氛。」

聽到小薰這麼說，羽仁男不禁心頭一熱。吃完晚餐後一家三口圍坐在電視機前共享天倫，這的確是一個最完美的家庭。

小薰是個用功讀書的高中生，即使在看電視，桌上也會攤開英文參考書，利用廣告的空檔匆匆瀏覽幾行、翻閱幾頁。而那位充滿活力、與之前判若兩人的夫人也忙於操持家務，每晚都特地為羽仁男烹煮肝臟、肉類和雞蛋等等營養豐富的美味佳餚，原先霉臭刺鼻的屋子亦變得光潔鋥亮，就連看電視時也不忘以纖纖玉指編織衣物，並且面帶堪稱聖潔的微笑。至於羽仁男自己，也開始細讀起報上刊載的國際新聞，亦即他一度視之如蟑螂行列的那些鉛字了。

這對「夫妻」並不是足不出戶。

但是外出時必定聯袂同行。

出門前，夫人會拿一條細細的金鍊將羽仁男的右手腕和自己的左手腕拴在一起；回家後，得等到踏進大門裡才會解開。

那是一條細如絲縷的金鍊，旁人不會察覺有異。當夫人輕輕一提，羽仁男只會覺得沿著那條幾乎嵌進手腕的鎖鍊傳來一股輕微的拉扯。

漸漸地，羽仁男不想外出了。

一方面是喜歡待在家裡發懶享受和睦的氛圍，再者是身體愈來愈疲累，提不起精神出門。

他曾在急著穿越路口時突然一陣天旋地轉，心知自己剩下的日子不多了。然而這並未令他心生畏懼，只是對一切事物失去了意欲。

他同樣不解自己為何既不害怕也沒有活下去的意志。彷彿只是捱著疲勞睏倦的一天天，隨著即將到來的春天，就此逐漸消融於那新綠的季節。

某天，羽仁男偕同夫人一起去他之前居住的公寓付房租。

公寓管理員出來接待時急著問道：

「到底上哪裡去啦？突然不見了，害我擔心得要命！……咦，氣色這麼糟糕，生病了嗎？」

「沒事。」

「你剛進門時那張臉簡直就和死人沒兩樣，差點把我嚇得魂都飛啦！那麼……」

羽仁男明白這個好色的管理員被那位依偎在自己身旁的夫人深深吸引，想把他拉到一邊問個清楚，可惜受制於金鍊，羽仁男無法滿足管理員的好奇心。

「我想看看屋子。」

「請便，目前那間屋子還是你的。」

「我再預付半年份的租金。」

兩人隨後進了家裡，羽仁男打開那個上鎖的小抽屜，看到那二十三萬圓依舊好端端地躺在裡面。看來這個世界還沒到道德淪喪的地步。

他拒絕了夫人多次表示想幫他支付房租的意願，自己把後續半年份租金的十二萬圓交給管理員後拿了收據。

夫人與他低聲交談：

「你做事還真一板一眼。」

「沒什麼，就當作分些遺產給他。反正我沒有其他親人。」

羽仁男檢查了門上的牌子依然翻在「**已售**」那一面，便把這段日子收到的整疊郵件夾在腋下，與夫人一起回到了**他們的家**。

他很高興總算有這些郵件供他在家中打發時間了。

沒想到他正準備展讀，眼睛忽然一陣刺痛，信紙竟變成不斷閃爍的白色漩渦。近來對著鏡子剃鬍時總覺得自己的氣色很糟糕，直到今天才發現貧血的狀況已經嚴重到連文字都無法辨識了。

「怎麼了？」

「沒什麼，只是頭暈目眩，字都看不清楚。」

「好可憐喔！」夫人的聲音活力四射。「要不要我為你讀信？」

「不了，不需要。」

沒什麼重要的郵件。

一封是老同學的信。

其他幾封是不認識的人寄來的。有一封是這樣的內容：

我不認識你，但在看到你刊登那則「性命出售」的廣告之後，儘管心想應是惡作劇，還是覺得必須寫信鄭重告知此事的嚴重性。

古人有言：「身體髮膚，受之父母，不敢毀傷，孝之始也。」你難道沒學過嗎？我看你八成沒學過。一個有教養的人，絕不會在報上刊登這種廣告。

這般輕忽生命，你究竟是何意圖？倘若時光倒流，回到戰前，你我可是享有「大御寶」[11]榮耀的日本臣民，為國犧牲在所不辭；當今社會雖是金錢掛帥，但也不該拿生命來換取阿堵物。

世風日下，我非常痛恨這個金錢萬能的時代！就因為有你這種人渣，難怪人人都以為有錢能使鬼推磨。你的廣告當受萬人唾棄，道德淪喪罪不可恕……

這封信接下來還有七、八頁的篇幅。羽仁男想像著一個態度咄咄逼人、氣得滿臉通紅、找名目打發時間的失業中年男人的相貌，費了好一番力氣總算把那疊厚厚的信紙撕破。他清楚感覺到，自己的手指連撕信的力氣都沒了。

還有另一封女性署名的來信則是錯字連篇：

太酷了！簡直酷得要命！你這麼大膽地說要出買（賣的錯字）性命，真的不會初四（出事？）嗎？我也想出買性命，乾脆你和我交煥（交換？），我們一起相親相愛上床睡一覺吧。這樣我們隔天早上醒來，就可以馬上同時找到另一條升命（生命？）。這樣我們就能在火辣辣的紅玫瑰盛開的季節裡找到讓人忍不住啦啦啦地吸（吹？）起口哨的幸福人性（人生？）。跟我結婚吧？

全數讀完以後，羽仁男嫌麻煩，拜託夫人幫忙撕碎。夫人不費吹灰之力就將那疊厚厚的信紙全部撕掉，她那春蔥玉指也跟著泛起紅暈。

當晚在臥室裡，夫人以非比尋常的嚴肅語氣對羽仁男低聲說道：

「那個……明天晚上，我會讓小薰去親戚家過夜。」

「為什麼？」

「我只想和你共度良宵。」

11 意指「天皇的子民」。

「可是我們一直是夜夜春宵的啊？」

「明晚不一樣嘛。」

夫人笑起來，溫熱的氣息拂過羽仁男的鼻頭，他隱約覺得嗅到血腥味。

「明晚的事，我不想讓小薰受到牽連。」

「他會願意去別人家過夜嗎？」

「一定會，那孩子善於察言觀色。」

「等他離開了，然後呢？」

夫人緘默不語。在檯燈的微弱光線的映照下，她那頭近來變得更有亮澤的秀髮宛如波浪般擺盪。

「很抱歉，我已經喝膩你的靜脈血了。那種味道太溫和，缺乏新鮮感。我決定明晚要喝動脈血了。」

「也就是……我的死期？」

「是的。我一直在考慮該選哪裡的動脈，最後還是覺得頸動脈最恰當。我一直很喜歡你那粗壯的脖子，自從見到你的那一刻起恨不得咬上一口，只是努力忍到了現在。」

「您喜歡怎麼做都好。」

「太好了，你真是太可愛了！你是我這一生遇到的第一個真正的男子漢！……所以說呢……」

「怎麼樣？」

「等喝夠了你的動脈血，我就會把這幾個煤油爐統統推倒，把這間屋子燒個精光。」

「那麼您呢？」

「小傻瓜，當然是葬身火窟呀。」

羽仁男感覺這是自己這輩子首度得到他人真心的剖白，於是滿足地閉上眼睛。病態的眼瞼不停顫動。

——就這樣，夫人口中的「明天晚上」終於到來。

23

「我們去散步，向這個世界告別吧。」

夫人如此建議。在這和煦冬日的淒美黃昏下，兩人大限已至。小薰放學後直接去了親戚家。

「附近有座小公園是武藏野的遺跡，櫸樹的枯枝真是美極了。我想去那裡欣賞一下。」

「像現在這樣待在家裡不好嗎？」

「可是，我想和你像少年少女那樣散步，留作活在這世上的最後回憶。」

「那麼，頂多三十分鐘喔。」

坦白說，羽仁男打從心裡懶得出門。以他目前虛弱的體力連起身都得扶著柱子，單是站著就會眼前發黑，哪裡能夠享受悠哉的散步呢。他只覺得全身上下無比倦怠，寧可在這渾渾沌沌的狀態下被割開動脈。

「況且我的氣色這麼差，實在不想見人。」

「欸，怎麼會呢？你現在的氣色再好不過了。你不懂男人就得是這副面無血色的模樣才帥氣嗎？浪漫又瀟灑，我覺得蕭邦應該就是這種樣貌呢。」

「別說了，我又不是肺癆患者。」

夫人在與羽仁男拌嘴時已經換上皮革面料的散步服裝，拿著金鏈走過來。他只得套上亮杏色的毛衣以增添自己的氣色，接著伸出手腕讓她拴上金鍊，像隻被主人牽出門的狗兒似地出門散步了。

出乎他意料之外的是，來到戶外頓覺神清氣爽。他做了深呼吸，這口清新空氣灌入肺裡的重量使得身體搖搖欲墜，不過一想到這就是人生最後一次看到的向晚暮色，似乎挺不錯的。

羽仁男捫心自問：

「哪怕只有一秒鐘，我曾經熱愛生活嗎？」

他實在沒有勇氣回答這個問題。直到此刻，他似乎終於願意擁抱生活，卻又覺得說不定只是因為體力不濟加上思緒模糊的緣故。

美麗的夕照情景令他動容，狂亂蹦跳的心臟彷彿隨時會驟停，太陽穴的血管也不斷縮脹。走了一陣子，終於在高級住宅區的屋頂上方瞥見在冬日裡鋪展開一大片漂亮蕾絲布似的高聳櫸樹林。

「就在那邊，那就是遠近馳名的櫸樹林。」

夫人告訴他。

羽仁男的生命即將於今夜劃上休止符。他非常高興這件事並非出於自身的意志。一來他嫌麻煩，再者自殺也太戲劇化，有違他的性格。此外，遭人殺害總得有個理由。問題是他不曾受人怨恨與厭惡，更不喜歡有任何人對他產生大到非殺不可的高度關注。出售性命正是可以撇清責任的最佳方案。

櫸樹絕美的樹梢彷彿朝向天際投撒的一大片密網，將傍晚的灰藍天幕圍裹籠罩。為何大自然可以美得如此無謂？為何人們總會煩得如此無謂？

所幸這一切即將邁向終點。我的人生就要走到盡頭了。想到這裡，彷彿吃下薄荷般，心中塊壘頓時一掃而空。

兩人路過公園入口的菸鋪。店門前有個紅色郵筒。一個老婆婆守著菸鋪。

羽仁男的記憶只到這裡了。

下一秒，他的後腦騰起白色的龍捲風，一陣天旋地轉腿也軟了。隱約記得有人攙扶他的手，但接下來發生了什麼他就不知道了。

24

……等到恢復意識時，他發現自己躺在醫院的病床上。

天色已黑，一位身材豐腴的護士在有著遮光燈罩的檯燈底下翻閱雜誌。

「請問我發生什麼事了？」

羽仁男詢問護士。嗡嗡作響的耳朵聽見了護士的答覆。

「您醒了嗎？沒什麼大礙了，請安心休養。」

「到底發生什麼事了？我只記得自己在菸鋪前面昏了過去……」

「您的腦部貧血狀況非常嚴重。想必是菸鋪的人看到您昏倒了趕緊叫了救護車，因為您是由救護車送來急診的。」

「我又搭上救護車了？」羽仁男十分失望。「到急診之後呢……？」

「到急診之後？」

「我的診斷報告是怎麼說的？」

「您是惡性貧血，醫師抽血檢查時嚇壞了，因為血液呈現黃色水狀。醫師簡直不敢相信竟然有患者的病況如此嚴重還能走到戶外。你的症狀幾乎和頻繁賣血者的危急症狀完全相同，可是從穿著看來又不像是專業的賣血人，況且您還有位漂亮的太太陪著一起來的。」

「對了，那個女人在哪裡？」

「那個女人？難道不是您太太嗎？」

「她在哪裡？」

「她已經回去了。醫師告訴她只要服用造血藥，盡量補充營養，住院一個月左右就能康復，她聽完報告後顯得很放心，說是家裡還有事就走了。算起來差不多是三個小時前吧。」

「我就這樣一直昏迷到現在嗎？」

「要是那樣可就大事不妙嘍。是醫師在施打造血針和靜脈營養溶液時加入了安眠藥。總之，您現在最重要的就是靜養，一定要好好待在床上，不可以有大動作或是情緒激動。」

「那麼……她呢……」

「您太太真是既體貼又美麗。她看起來很健康，你們兩人有著天壤之別。該不會是你的精力全被她吸光了吧？」

「……」

「她已經用銀行支票預付了一個月份的住院費，還很客氣地包了一個大紅包給我。……所以我才覺得您絕不可能是個賣血人嘛。」

羽仁男閉上眼睛，陷入沉默。忽然間，他腦中閃過一個念頭，急得跳了起來。

「糟了！」

「怎麼了嗎？您得靜養才行唷。」

「出事了！拜託馬上打個電話！」

羽仁男立刻說出井上家的電話號碼，護士再三叮嚀他不可以亂動，幫忙撥動床邊的電話轉盤。忐忑不安的羽仁男等在一旁，心臟噗通噗通跳個不停。

「沒人接聽。」

「撥通了嗎？」

「撥是撥通了，就是沒人接。」

護士才剛放下話筒，窗外隨即響起消防車的鳴笛聲。

「咦，失火了？最近天氣非常乾燥，真危險。」

羽仁男不作聲，仔細聽著鳴笛聲由遠而近，接著從另一個方向也傳來鳴笛聲，兩個聲音疊在一起。

「這裡是哪裡？」

羽仁男冷不防問了一句。

「什麼？」

「我問妳這家醫院在什麼地方？」

「在荻窪呀。大家都稱讚我們醫院在荻窪這一帶地勢最高、視野最佳，就算住在這裡長期治療也因為可以欣賞到優美的風光而不至於心情低落。尤其您住的頭等病房，幾乎就像住在旅館裡一樣舒適。」

「從這邊看得到〇〇町嗎？」
「那裡不是就在公園的另一邊嗎？所以應該看得到吧。」
「對，就在那邊。請幫忙到窗邊看一下失火的方向是不是〇〇町。」
錯落的鳴笛聲愈發震耳欲聾。護士叮嚀他「不可以下床」，隨後走到窗前推開一道縫，望向遠方。
「哇，看到火光了！火災的地點真的是〇〇町呀！」
護士大聲嚷嚷。
羽仁男循著潔白的護士服與牆壁的空隙目睹天際火光將制服映得通紅，他忍不住趕緊下床，然而一陣頭暈使他再度昏厥。

25

——任憑他一再追問，大家對火災的事始終三緘其口。
有位顯然是便衣刑警的先生在醫師的陪同下進行了簡單的偵訊，事情的真相再也瞞不住他了。

「您和那位守寡的井上夫人是什麼關係？」

刑警提問時，一股濃烈的口臭噴向了病床上的他。

「沒什麼關係，只是普通朋友。」

「您是在和她散步時昏倒，被送來這裡的吧？」

「是這樣沒錯，可是為什麼要問這些呢……」

一旁的醫師連忙使眼色，可惜刑警來不及看到對方示意，旋即以公事公辦的口吻答覆：

「井上夫人昨晚葬身火海。據說她私生活不怎麼檢點，而且起火時只有一個人在家，死因並不單純。她的獨生子目前由親戚收留。看到他趴在母親遺體上放聲大哭的樣子，實在可憐。聽說那個孩子成績優異，相當優秀。……總而言之，您的不在場證明已經得到確認，證實本案與您無關，只要回答幾個簡單的問題就可以了。」

聽聞噩耗，羽仁男不禁潸然淚下。他實在不敢相信不曾為別人死亡感到悲傷的自己竟會流淚！

「我真的很愛她！」

羽仁男的語氣非常激動。

「你們之間沒有遺產贈與問題或其他糾紛吧？」

「請不要問這種不入流的問題！」

醫師在刑警的耳邊低聲說了幾句，刑警基於禮貌說了聲「請多保重」就走了。

年邁的醫師俯視著病床上的羽仁男，緩緩地勸慰眼前的年輕人：

「也許你有種種不如意，但是目前最重要的就是靜下心來休養。住院費已經超額預付，相信那位夫人的遺願是盼望你好好接受治療，盡快恢復健康。你還年輕，必須振作起來，千萬不能因為這樁悲劇而心灰意冷，情緒是會影響到藥效的。你唯有打起精神，活力充沛地展開嶄新的人生，才是對死者最大的回報。好了，我幫你打一針鎮靜劑吧。」

這位比起醫師更像是牧師、乾瘦如老鹿的老先生讓羽仁男倍感親切。他突然回憶起之前，似乎曾在什麼地方聽過十分相似的這類人之常情的勉勵之詞。

想起來了。是在他服毒輕生獲救，在那家急救責任醫院辦理出院手續時聽到的。儘管內容有所差異，其實意思幾乎完全一樣。這些話語只是拚命鼓勵人們必須珍惜人生、擁抱生命，卻根本不了解對方正面臨著什麼樣的困境！

26

——縱使羽仁男腦中有萬般思緒，正值青春的軀體依然神速復原。醫師表示無需住上一個月之久，約莫兩個星期即可出院。

一天，小薰忽然來探病。羽仁男不敢正眼看他，以為必定要挨上一頓痛罵，沒想到這個少年表現得落落大方，即使護士在場也並不避諱，直截了當地告訴羽仁男：

「羽仁男先生，我今天來這裡是想向您表達最真誠的謝意。

雖然警方窮追不捨地持續調查，試圖釐清案情究竟是自殺、是縱火，或是自然起火，但無論真相是什麼，我媽都走了，再追究下去也沒有意義了。

現在想想，我媽注定紅顏薄命，只要把三人在同一個屋簷下的幸福時光珍藏在心底，我就心滿意足了。幸好您活了下來，我還能經常找您敘個舊聊聊往事。託您的福，我媽在世時總算體驗過幸福的滋味了。真的很感激您。」

小薰說得老氣橫秋，邊說邊掉淚，豆大的淚珠從晶亮的大眼睛裡一顆顆滾落到制服褲子的膝蓋處。

「你以後儘管來家裡找我，有什麼事都可以和我商量。」

「好的，謝謝您。」

「那麼，有件事想麻煩你。還好我隨身帶著公寓鑰匙。我一直都把整串鑰匙放在褲袋裡，這才躲過了那場火災。不好意思，可以請你拿著鑰匙去公寓幫我看一下嗎？」

「不會吧，您要重新開業了嗎？」少年往後縮了縮。「別再做這門生意了，都遇過這麼危險的事了，還不怕嗎？」

「別擔心，幫忙跑一趟吧。郵件會從底下的門縫塞進屋裡，把那些信帶來給我就好。」

小薰答應下來，走出病房。護士等到那個少年離開之後，不客氣地直接詢問：

「你到底是做哪一行的呀？」

「與妳無關吧？」

「好奇想問問嘛。」

「吃軟飯的。懂了吧？」

「是哦？可惜太貴了，我買不起呀。」

「年輕的小姐可以免費服務喔！」

「真的嗎？……」

護士撩起潔白的裙襬，露出了白色長襪頂端的白色吊帶，以及再往上那一大片好似鄉村土壤的粗黃腿肉。

「嘿，妳說過在這家醫院可以欣賞到優美的風光，難道就是這幅情景嗎？」

「可能是哦。您的體力都恢復了？」

羽仁男沒有正面答覆，逕自將護士一把抱上床……

——奇怪，小薰怎麼還沒回來？

羽仁男懸著一顆心，直到晚餐時段過後，小薰總算回到病房。只見他把信件扔到床上，嘴裡嘟囔著：

「嚇死我了！」

「發生什麼事了？那個護士已經回去了，不會有其他人來，別擔心，告訴我是怎麼回事。」

少年上氣不接下氣地說：

「我打開大門，忙著撿起郵件時，突然有兩個男人闖了進來。」

「是日本人嗎？」

「是啊，為什麼問這個？」

「我覺得可能是外國人。後來呢？」

「他們從背後架住我，其中一個問我，『廣告是你刊登的嗎？』嚇得我差點斷了氣，另一個人對他說，『不對，不可能是這個小鬼頭』。先開口的那個男人接著說，『監視了那麼多天，還以為總算逮到了，沒想到居然是個小傢伙』，另一個人用可怕的聲音說，『我猜一定是被差遣來跑腿的，我們讓這個小鬼頭招出那個男人在什麼地方』。我騙他們會老實交代，伺機抓起郵件逃了出來……」

小薰話沒說完就打住，嘴巴大張，滿臉懼色。因為病房裡的兩人都沒有聽見敲門聲，但是房門卻被慢慢推開了。

27

「你們是誰？」

羽仁男冷靜地朝兩個推開房門衝入的男人喝問。

以「冷靜」一詞形容，更能突顯他此時的從容不迫，而事實上他的確已做好了心理準備，即便無緣無故死在這兩人手中也無所謂了。這些日子以來，他心底始終漫著一抹淡淡的哀傷，盼望自己能隨著那位風姿綽約的吸血鬼共赴黃泉。他可以感覺得到，自己以往對於死亡那種輕佻又現實的觀點，如今變得有些模棱兩可了。不過，這些都不重要了。一個人既已抱定必死的決心，又何必去探究他的動機呢？

兩個男人的其中一名背靠門板監控著房內的動靜，另一人淩厲的視線射向病床上的羽仁男。

打著哆嗦的小薰貼著牆縮躲在病床後面，看起來恰如羽仁男擋在前方護衛這個少年。

兩個男人的年紀約莫三十之譜，衣著低調，不似黑幫人士。從他們炯炯有神的雙目、有稜有角的的臉型推斷，大抵不是軍人就是員警。因為他們行動敏捷，但是身上的西服卻毫無時尚可言。羽仁男實在很想建議其中一人：那條暗沉沉的鼠灰色領帶和那套灰色的西服一點都不相襯。

「喂！」

其中稍顯年長的男人，頭也不回地喊來另一個站在門前的男人。

門前的男人依言走了過來。這時羽仁男看到先開口說話的那個男人手握一柄黑幽幽的手槍，槍口指向自己。

「不准動！不准叫！……喂，小弟弟也聽好了，要是出聲或想逃，立刻送你一槍！」

到目前為止算是黑幫嚇唬人的慣用套路，可是接下來的發展就令人意外了。從門前走過來的男人順勢彎腰坐到床緣，猛然揪住羽仁男的左手謹慎地量測他的脈搏。這個舉動令羽仁男十分錯愕。

病房就這樣靜默了三十秒。

「多少？」

「三十秒跳了三十八下，所以每分鐘心跳是七十六次。」

「這麼慢？這數值不就和平時一樣嗎？」

「正常心跳次數說不定更少。有的人甚至每分鐘只有五十幾下。」

「好。」

說完，先發話的男人將冰冷的槍口隔著睡衣抵在羽仁男心臟的位置。

「三分鐘之後扣下扳機。你要敢亂動或是說話，我現在就開槍。只要安分一點，還可以多活個三分鐘。」

小薰忍不住啜泣起來。

「閉嘴！」

男人壓低嗓音叱了一聲。

小薰蹲下去不作聲地繼續流淚。

先發話的男人以眼神示意，另一個男人再一次量測脈搏。病房裡再度靜了下來，猶如黑森森的河水無聲地流淌而過。

「這回是多少？」

「怪了，比剛才更少，只剩六十八？」

「豈有此理！再量一遍！」

「遵命。」

羽仁男的心情比剛才更平靜，只當自己在接受心電圖檢查。眼前的狀況實在過於荒謬又滑稽，他根本懶得抵抗了。

「如何？」

「還是六十八。」

「好，實在令人咋舌，沒想到竟有這番過人的膽識。我還是頭一遭遇到這樣鐵錚錚的漢子，不枉我們費力找人。」

先發話的男人講完之後，將手槍收進西服內袋，接著一改稍早前凶神惡煞的態度，語氣和藹地表示：

「來，請放輕鬆，你已經通過測試了。你膽子真大，太讓我吃驚了。你的測試成績相當優異。」

男人從身後拉來椅子往病床旁一坐，刻意與羽仁男拉攏關係。整起事態的意外開展使小薰終於收住眼淚，從病床後面站了起來。

「你們到底是誰？」

羽仁男說著，察覺身上睡衣的第三顆鈕扣鬆開了，伸手扣上時，指頭忽被什麼東西刺了一下。撿起來一看，原來是一根泛著烏黑光澤的髮夾。想必是方才那個護士掉在他身上的。

「嘿嘿，豔福不淺嘛。」

先發話的男人露出訕笑，點了菸。

「我問你們究竟是什麼人！」

「是客戶呀……貴寶號的客戶。」

「什麼？」

「對客戶說話總該客氣一點吧，我們可是專程到Life for Sale公司購買性命的客戶喔。顧客上門可是天經地義的，何必如此大驚小怪呢？」

28

「既是上門買東西，何必擺出那麼可怕的陣仗呢？」

無奈的羽仁男也打算點支菸來壓壓驚，那個先發話的男人忽又掏出手槍伸到他鼻前扣下扳機，槍口霍然迸出火焰。

「原來是玩了這種花招。」

「總得運用各式各樣的手法進行測試嘛。」

男人回答時笑容可掬，顯得十分親切。

「小弟弟，明白是怎麼回事了吧？剛剛在公寓裡對你動粗，抱歉了。我們費了好一番功夫，想盡辦法趕在最短的時間內找到這位羽仁男先生。我們只是單純的客戶，現在也已經驗證過羽仁男先生確實視生命輕於鴻毛了……」

「鴻毛是什麼意思？」

小薰輕輕地發問。

「鴻毛……就是鴻毛嘛，現在的高中生真是的，連這個都沒聽過？難怪大家都批評目前的日本教育簡直一塌糊塗……。不談那些了，小弟弟可以回家了，不必擔心羽仁男先生的安危，我們不會做違法的事。奉勸你回家的路上可別報警，要是輕舉妄動，當心這把打火機手槍會射出真正的子彈哦。你總不願意頂著一個穿了洞的肚子去上學吧？」

「如果您在我肚皮上面穿了洞，我就嵌入鏡片供人觀賞，每次收費十圓，這樣賺外快挺好的。」

「少耍嘴皮了，快點回家！」

「我走了。」

滿臉憂慮的小薰向羽仁男低聲道別，羽仁男安慰他：

「不必擔心。想想你當初上門找我的時候，還擺出一副盛氣凌人的架勢呢。過幾天我會和你聯絡的，儘管安心回家吧。」

「嗯。」

小薰的身影隨即消失於門後。

「那個小傢伙也是你的客戶？」

「事實上，買下我這條命的人是他的母親。」

「這樣啊。」

先發話的男人露出感慨的神色，另一個男人直到這時才放鬆戒備，默默地在別張椅子坐了下來。

「既然二位想找我商量的重要大事連那孩子都不能在場一起聽，乾脆舉杯共飲，邊喝邊談吧。我是個模範病患，醫師甚至勸我小酌放鬆呢。」

說著，羽仁男從病床底下撈出一瓶蘇格蘭威士忌，拉起床單把沾滿灰塵的玻璃杯隨意擦抹一下之後塞進兩名客戶的手裡。那兩人面露嫌惡地聽著威士忌咕嘟咕嘟地斟入杯中的聲音。

在肅穆的氣氛中，三人同時端起玻璃杯各自飲了一口。

「言歸正傳，事成之後致贈兩百萬圓；萬一失敗，只能收到二十萬圓的預付款。

這樣的條件，意下如何？」

「所謂的事成之後，是指我已經喪命。也就是說，無論成功與否，你們都只需花費二十萬而已。」

「這個結論言之過早。如果一切順利，或許你既可保住一命，又能拿到兩百萬。」

「那我就洗耳恭聽。」

羽仁男在床上盤起腿來，徐徐啜飲，準備聽對方娓娓道來。

29

「該從哪裡說起才好呢……」

先發話的男人開了口。他眼尾的笑紋清楚地刻畫著良善的性格與滄桑的人生。

「請恕我們不便透露姓名與職業。我想，身為性命的買家，應當有資格隱藏自己的身分。現在就告訴你我們來找你的理由。

我們是土生土長的日本人，但是這件事涉及日本以外的兩個國家的大使館。

暫且稱其中一國為A國，另一國為B國。A國大使夫人的美貌遠近馳名。某日，這位大使夫人邀請各國大使到該國大使館參加晚宴。

舉辦晚宴是大使館的日常活動，比我們一般民眾請客人來家裡打麻將還要稀鬆平常。大使夫人當晚穿上一襲翠綠色的曳地晚禮服接待貴賓。由於有皇族蒞臨，屬於正式晚宴，因此特別盛裝出場。

至於我們與大使館之間的關係，抱歉無法告訴你。

那襲翡翠綠的晚禮服上面綴滿同色的刺繡，想當然耳，搭配的飾品也是翡翠。A國大使夫人那天佩戴的是一串非常貴重的項鍊，總共有三十五顆翡翠，其間還鑲嵌小鑽，可說是價值連城。問題是舞會開始之後宴會廳的照明調暗，貴賓無不沉浸於歡樂的舞蹈之中，直到即將結束時，大使夫人才注意到胸前的項鍊不見了。

大使夫人當下強自鎮定，至於出席的貴賓不是沒察覺，就是以為是她自己摘下的。

其實在舞會進行期間已有將近半數的貴賓陸續離開，所以到了晚宴結束時刻還留在宴會廳裡的人已經所剩不多了。

大使夫人儘管臉色泛白，仍然堅強地含笑送客，直到送走最後一位貴賓之後才撲進大使懷裡哭成了淚人兒。

『不得了了！大事不好了！我的翡翠項鍊被偷了！』

畢竟是價值高達數千萬圓的項鍊，失竊可是大事一樁，麻煩的是遺失的時刻可謂冠蓋雲集，絕不能讓那些貴賓感到羞辱。

大使只應了聲『什麼？』同樣臉色煞白，再也說不出話了。

大使絕非吝嗇之人。

他在國內財力雄厚，人們還笑稱他純粹是基於消遣才出任大使之職，不可能為了區區一串項鍊而大驚失色。

問題在於大使對夫人隱瞞了一個重大的祕密。

在往下說之前，必須先向你解釋翡翠這種寶石的特性。

絕大部分的寶石均以透明清澈者價格愈高，唯獨翡翠例外，天然的翡翠一定有裂紋。

這種裂紋使得翡翠宛如一片碧綠汪洋，玩玉之人正以鑑賞此紋為樂，裂紋的狀態甚至使其具有藝術價值。不同於鑽石，翡翠稱得上是一種有血有肉的寶石。因為在這綠色寶石上面細得如煙似霧的裂紋，所賦予的不僅是生命，更是某種有機質的神祕。

大使將這串項鍊贈與夫人的時候，在珠串裡加入一顆人造翡翠。那顆精巧的人造寶石與另外三十四顆串在一起根本無從辨別，從裂紋到色澤全都幾可亂真。

關鍵在於那顆人造寶石上細緻的裂紋，正是A國傳給大使本人的最高機密電報的解讀密碼裝置。

只要讓光線穿射那如煙似霧的細微裂紋然後映照在電報上，即可順利解讀電文內容。

由於早前大使已經得知A國的電文似乎遭到側錄，經過一番思索，決定將解讀密碼裝置放進人造翡翠中，並且為夫人代管項鍊。如果夫人需在晚宴佩戴，再從保險櫃裡拿出來給她。

而大使夫人自然不曉得這個祕密。

夫人看到大使面色蒼白，納悶地詢問：

『究竟是誰在大庭廣眾之下趁我不備偷走了項鍊？今天的貴賓不是各國大使就是日本上流階層的紳士和淑女呀！』

大使話音發顫地問夫人：

『妳推測是什麼時候被偷的？』

『我覺得唯一的可能是在共舞的時候。』

『妳和誰跳過舞？總共幾個人？』

『應該是五個人……或是六個人吧。』

『仔細回想依序和哪幾位跳過舞！』

『一開始是那位皇族。』

『不會是他。第二位呢？』

『第二位是日本的外務大臣。』

『他也不可能。接著呢？』

『B國的大使。』

『哎，想必就是他！』

A國大使萬分惱怒。

也難怪大使會懷疑對方，因為A國與B國派駐於東京的人員始終在暗地裡進行著激烈的諜報戰。

那個B國大使雖然長得又高又胖，手指倒是相當靈活，極有可能利用這個衣香鬢影、觥籌交錯的場合，在樂音洋溢的昏暗舞池裡乘隙從夫人的雪頸摘下項鍊。

這一晚，大使與夫人徹夜未眠，苦苦尋思究竟報警與否。豈料翌日清早，僕傭端著上面擱著一只牛皮紙袋的銀盤來到這對睡眼惺忪的夫妻面前，稟報說：

『今天早上打開信箱，裡面有這個東西。』

大使夫妻打開牛皮紙袋，裡面正是那串翡翠項鍊。

不消說，夫人自是欣喜若狂。

『哎呀，原來只是一場惡作劇，竟把我們嚇成這個樣子。不論是誰開的玩笑，這麼做簡直讓外交官顏面掃地。』

『這確實是妳的那串項鍊吧？』

『是的，絕錯不了。』

夫人拿起總數三十五顆翡翠的美麗項鍊，對著晨光照了照。

大使接過來找尋他最關心的那一顆，並且立刻察覺那顆人造翡翠已經被掉包成天然翡翠了。」

30

「假如那個時候大使能夠向夫人坦白說出翡翠的祕密，或許還不至於那麼煎熬。」

先發話的男人繼續描述，

「然而在這方面，大使秉持傳統的紳士風骨，行事格外謹慎。雖說大使的任務必須夫妻同心協力方能圓滿完成，可是大使的性格使然，依舊決定獨自將最高機密的事暗藏於心。

事情發生之後，大使立刻拍電報回國報告解讀密碼裝置遭人竊取，請求此後發來的電文更換新的密碼組合。

如此一來，後續的祕密通訊算是得到解決了。

問題在於，此前被對方側錄的電文若經解讀之後公諸於世，恐將衍生成相當嚴重的國際爭議。既然對方事前獲悉翡翠的祕密並且偷走，可以想見即將演變成這樣的事態。

大使暗自忖度，倘若對方明天就公布解讀完成的機密資料，一切就無可挽回了；但只要公布的日程延後一天，表示還有一線希望；若延後兩天，更是多了幾分希望。因為這代表對方若不是顧忌擅自公布之後恐將受到報復，否則就是有某種無法公布的理由。

話說回來，試圖將對方側錄的資料全數追回幾乎是不可能的任務。對方想必一拿到手立刻複印了好幾份送回國內，縱使找回其中一份也於事無補。

大使陷入進退兩難的僵局。

他無時無刻如坐針氈，只能守在原地等待接招。

所幸還有唯一一個反制的辦法。

那就是，如果能夠依樣竊取對方那個相當於我方翡翠的解讀密碼裝置，即可要求對等交換，因為A國同樣持續側錄B國的電文，只是到目前為止完全無法破解密碼。

大使做出決定，與其多等一天，不如盡快把對方的解讀裝置拿到手才安心。關鍵在於那個東西究竟藏在什麼地方。

B國不但查出如此機密的解讀密碼裝置，甚至成功竊走了翡翠。B國綿密的諜報網絡乃是舉世皆知，這點小事易如反掌。至於A國對自身的情報組織同樣信心滿滿，之所以迄今尚未查到對方的解讀密碼裝置，顯然是情報員辦事不力。

大使下達命令，一定要在兩天之內查出B國的解讀密碼裝置藏在何處，並將之竊取出來。

A國的情報人員很久以前就暗中搜查B國的大使館，卻始終沒能查出與其他國家大使館的相異之處。唯一值得懷疑的是，B國大使總在夜深人靜時待在書房裡閱讀，可能也是利用那個時間解讀本國的電報。傳聞這位大使嗜吃紅蘿蔔，桌上固定擺著一杯插著二十根左右切成條狀的紅蘿蔔棒，方便他隨時拿取、撒點鹽巴咬得嘎嘣嘎嘣響以墊墊胃。這項情報的可靠來源，是某家供應B國大使館高級化肥胡蘿蔔[12]的蔬果商。

最高機密的密碼解讀，以及生紅蘿蔔。

這真是最詭異、最滑稽的組合了。

然而，A國一位優秀幹練的情報員察覺到這種組合絕不是偶然。

我們把這名潛入B國大使館的男子稱為X1號吧。他在歐洲的某個小國出生，於A國接受徹底的情報訓練，他雖然沒有國籍，但是擁有八套偽裝的履歷。

X1號在潛入B國大使館之前已與A國大使祕密會見。

『今晚我一定會找出解讀密碼裝置，雙手奉上！』

『已經確定目標了嗎？』

『我預備去試吃B國大使的紅蘿蔔！』

X1的笑容裡帶著無比的自信。

12 二戰前日本農家多以人糞人尿做為肥料，戰後為解決寄生蟲汙染問題開始改用化學肥料。當時普遍認為這種化肥蔬菜比較高級，亦將使用化肥栽種、沒有寄生蟲的蔬菜稱為乾淨蔬菜。

沒想到，這就是A國大使見到X1號的最後一面。

他被人發現陳屍於B國大使館。

B國大使館發表聲明指出，有名身分不明的竊賊溜進館內服下氰化鉀自盡，就此結案。

A國大使等了好一段日子，始終不見B國大使館公布側錄的A國機密電報內容，雖然懸著的一顆心稍微降下了一些，但畢竟絕稱不上高枕無憂。

說不定B國會等到一個月後，甚或一年之後，也就是鎖定能讓政治效果極大化的時機才公布檔案。

A國大使緊接著指派X2號潛入。

這名情報員從此失去了音訊。

不過，他在執行任務之前一樣曾經與A國大使見過面，也和X1號同樣表示：

『我非去試吃紅蘿蔔不可！』

然後是接手任務的X3號又一次照樣消失無蹤。

A國大使館這下不得不正視事態的嚴重性。那些紅蘿蔔顯然就是關鍵所在。B

國大使卻依然滿不在乎地每晚照樣在桌子放上新鮮的生紅蘿蔔，但凡前往嘗試的人，從杯中抽出紅蘿蔔棒試吃之後必定當場被氰化鉀毒死。很可能那二十根紅蘿蔔之中只有一兩根沒有抹上毒劑，而唯一能夠辨識的B國大使，則可以盡情享用他鍾愛的紅蘿蔔，將之咬得嘎嘣作響。這分明與解讀密碼裝置有密切相關，無奈情報員就是沒辦法從二十根紅蘿蔔當中分辨出沒有毒的那一根。

那三名殉職的情報員，每一位都是國家耗費數億圓培育而成的頂尖專家，如同無形文化資產一樣珍貴，因此A國大使館絕不能再繼續這種無謂的犧牲了。

這就是我們挑中你的理由。

你正是適合潛入B國大使館辨識並吃下無毒的紅蘿蔔，接著找出解讀密碼裝置的最佳人選。

你願意接下這件生意嗎？

我們雖是土生土長的日本人，但都受過A國天大的恩惠，所以想買下你的性命報答A國的恩情。」

「這麼說，事成之後，兩位可以得到高額獎賞吧？」

「那當然！否則我都這個歲數了，何必像個黑幫似地到處探詢你的蹤跡呢？」

「原來如此。」

羽仁男好整以暇地朝天花板呼出菸氣。

「意下如何？二十分之一的機率，有勝算嗎？」

「不，有一件更重要的事……」羽仁男露出若有所悟的神情。「A國的大使館已經暗中側錄了B國的最高機密電報吧？」

「當然。」

「按照我的推理，那玩意形同廢物。」

「為什麼？只要找到解讀密碼裝置……」

「不，關鍵不是裝置，而是電報紙。A國大使館有沒有拿到B國大使館接收電文的電報紙？」

「我不清楚……」

「這件事得先弄清楚才行。好了，一切都等明天再解決。說不定明天就是我的死期，今晚總得睡個好覺。兩位可以回去了，麻煩明天早上再來接我。」

「不行，萬一你趁機逃跑就糟了。我們要留在這裡過夜。」

「悉聽尊便。明天一早護士來量體溫時一定會嚇一大跳，到時候就託稱是來探病的親戚順道睡在這裡吧。真是的，有這種親戚實在讓人吃不消呀。總而言之，明天早上A國大使館開始辦公之後，請你們其中一位前往確認那裡有沒有B國的電報紙。一切等到確認之後再說了。」

羽仁男胸有成竹地講完以後打了個大呵欠，頭一沾枕便呼呼大睡。

「這個人膽子真大。」

留在病房裡過夜的兩個男人面面相覷，自嘆弗如。

31

翌日早晨，春光明媚。在羽仁男的強力要求下，醫師開立了外出許可證明。他利用那個先發話的男人前往大使館辦事的空檔時間，在鏡子前面淡然自若地刮了鬍子。

先發話的男人一離開病房，另一個男人忽然變得饒舌起來，叨叨絮絮地說些不足為奇的基本常識，讓人覺得如此司空見慣的話題根本不值一提。

「我知道，你特地修整儀容是上戰場前的儀式吧。在慷慨就義之前還能秉持武士應有的修為，值得尊敬！」

這個男人委請護士買來奶油麵包當早餐。那張純真的臉孔張開嘴巴大咬一口，黃澄澄的奶油瞬間從從麵包的側邊溢流出來，在朝陽映照下顯得愈發鮮亮。

羽仁男已經好久不曾在人生中感受到荒唐又可笑的事情了。根據他的推測，A國這個大國的情報員是因為犯下極度愚蠢的錯誤，以致於接二連三丟失性命。不過，他的這番推理仍有待驗證。

羽仁男刮好鬍子之後抹了乳液，頓時覺得鏡中人看起來清新爽朗又青春洋溢，連他自己都不禁為之著迷。有著這副面容的應該是個不知人間疾苦、無牽無掛、逍遙自在的豪門公子。窗外，三分綻放的櫻花隨著清風擺曳。

不久後，那個先發話的男人喘著粗氣跑回病房裡。

「太好了，真是太好了！你說的電報紙已經拿到了！A國的情報員算是盡了本分。還有，在你抱著必死決心執行潛入任務前，必須先去拜見A國大使。」
「幾點可以拜會？」
「大使在十點到十一點之間應該有空。」
「差點忘了。」羽仁男看了手錶。「我要先去一個地方，十點半應該可以到大使館。」
「你要去什麼地方？……欸，你耳朵後面的肥皂泡沒擦乾淨呢。」
「謝了。」
這天早上的羽仁男連聽到這樣的多管閒事也不覺得不舒服，拿起毛巾抹了耳朵後方，也順手擦了擦下巴，結果毛巾沾上幾滴紅點。原來是被刮鬍刀劃破的小傷口。血的顏色使他想起那位女吸血鬼，不禁一陣酸楚湧上心頭。有生之年再也無法享受到猶如浸淫在死亡浴池裡那般愜意而甜蜜的滋味了。甚至可以說，其實是她把自己的性命賣給了他。
「你要去什麼地方？」
先發話的男人又問了一遍。

「跟我走就是了。別擔心，只是買點東西。總要讓人做些準備再去死吧。」

先發話的男人聽完之後頓時神情凝肅，緘默下來。那模樣讓羽仁男忍俊不禁。

一行人來到醫院大門，負責照顧羽仁男的護士叮嚀：

「這是住院期間的第一次外出，千萬不能太過勞累，現在還不能和以前一樣在外面忙一整天喔。」

「經過妳昨天的親身測試，不是已經證實我已經完完全全康復了嗎？」

這句戲謔羞得護士往羽仁男的手臂擰了一把。

在春日燦爛的陽光中，連手臂的疼痛也似乎變得絢麗多彩。三個男人彷彿要去賭馬玩樂似地，臉上帶著既緊張又歡快的複雜表情步下寬廣的斜坡前往市區。

「我們去找找有賣化肥蔬菜的高級食材商店，大概要到青山那邊才找得到。」

三人招了計程車搭乘前往。

闊別多日的街景沒有一絲一毫死亡的氣息。人們一個個從頭到腳浸漬於天經地義的日常，路上行走的宛如一塊塊人形醬菜。羽仁男不禁暗忖，「我要是混在那些人之間，就是一根酸黃瓜了」。即便和其他人同樣是醬菜，自己充其量只是下酒小菜，沒有資格和一日三餐的白飯一起擺上飯桌。羽仁男自我解嘲，「沒辦法，這就是我的宿命。」

——來到販售高級食材的K商號，羽仁男從冰箱裡挑了一袋塑膠袋外面覆著白霜、袋內裝滿已經切成棒狀的胡蘿蔔之後掏錢買下。兩個不苟言笑的男人盯著他看。

「這樣買好了嗎？」

「買好了。我們去A國大使館吧。」

白牆高聳的大使館氣派非凡。他們只能從僕役專用的後門進去，這有點傷了羽仁男的自尊。

進門之後穿過廚房再爬上骯髒的樓梯，推開一道門，倏然來到一間愛德華時代風格的寬敞書房。

一踏入書房，那兩個男人馬上挺胸立正。

原來書桌的另一邊就端坐著髮絲霜白的大使。

「我們把向您提過的那位男士帶來了。」

那個先發話的男人向大使報告。
「辛苦了。我是A國大使。」
親切的大使伸出手來。羽仁男握住他的手，感覺像是握住一束乾燥花。雖然輕柔得彷彿一碰就碎，但又滿滿的全是要紮進掌心的尖刺。
「這是預付款，請笑納。」
大使在桌面已經備妥的支票上飛快地填入二十萬圓並且署名，將這張墨跡未乾的支票遞給了羽仁男。
「那麼，我現在就著手準備。請問B國的電報紙已經準備好了吧？」
「準備好了，在這裡。」
「可以將側錄的電文打在這個框格裡嗎？」
「沒問題。」
大使按鈴召喚，將電文和電報紙一併交給了打字員。
「這是影本，先看看。」
羽仁男瀏覽過後得知，電報內容即使轉譯成日文仍是一份令人費解、不知所云的電文。

在等待打字完成的這段時間，那兩個男人、羽仁男以及大使都坐在自己的位子上，沒有交談。牆上掛著A國某位大政治家的肖像畫，環繞書桌擺設的書櫃金碧輝煌，格層放滿諸如迪斯雷利[13]全集這類大部頭的精裝版書籍，房間裡瀰漫著一種甜美而濃重的洋人體味。

那名肩骨突出的中年女打字員面無表情地送來打字完成的電報紙，旋即告退。

「接下來就……」

大使下達指示。

「接下來就……」

羽仁男也跟著複誦，接著從尚未退冰的塑膠袋裡揀出一根紅蘿蔔棒，不由分說地塞進嘴裡。

13　班傑明．迪斯雷利（Benjamin Disraeli, 1804-1881），英國貴族、政治家暨作家，兩度擔任首相，促使保守黨現代化的重要人物。

32

紅蘿蔔的紅色來自於維生素A先質的胡蘿蔔素裡的色素，因此紅蘿蔔富含大量的維生素A。

假如說紅蘿蔔裡含有某種具有破壞性的物質，那就是會分解維生素C的抗壞血酸氧化酶。

紅蘿蔔完全不含澱粉[14]。因此唾液中可將澱粉分解成麥芽糖的酵素，亦即唾液澱粉酶，並不會對紅蘿蔔直接作用。

關鍵應該在於這兩種互不相關的物質，也就是抗壞血酸氧化酶與唾液澱粉酶，與塗抹在電報紙上的藥劑發生交互作用，非常巧妙地分別把唾液澱粉酶放在抗壞血酸氧化酶不會發生作用的地方、把抗壞血酸氧化酶放在唾液澱粉酶不會發生作用的地方，藉此讓這兩種物質個別與藥劑產生反應。

羽仁男把紅蘿蔔嚼爛之後吐出來塗到電報上，就在眾人的注目之下，字裡行間漸漸浮現出決定性的重要文字。

「真不可思議！」大使目不轉睛地專注解讀。「不錯、不錯！」大使兀自點頭。「紅蘿蔔還有吧？這裡還有很多電文有待解讀。天助我也，這樣就有籌碼與B國談交換條件了。只要拿出這些檔案，他們必定啞口無言，誰也別想佔上風。」

羽仁男口中仍然繼續嚼動。

「得再撒點鹽巴才行……。我說，這應該算是下酒菜，可以給我一杯威士忌或是其他酒類嗎？」

「酒等一下再慢慢喝，現在萬一影響了藥劑的交互反應就不好了。」

心花怒放的大使眼中閃著興奮的目光，充滿期待地盯視著像馬兒那樣拚命咀嚼紅蘿蔔的羽仁男。

14 本句依照原文翻譯。從目前的營養學角度，相較於其他根莖類，紅蘿蔔澱粉含量較少，但並非完全沒有。

33

——直到所有的電文全都塗上了嚼得稀爛的紅蘿蔔泥之後，被帶到另一個房間的羽仁男又拿到一張兩百萬圓面額的支票，而那兩個男人也分別領到支票。單從他們眉開眼笑的樣子就知道支票上的數字讓他們相當滿意。

大使為羽仁男親手斟了威士忌。

「我想請教，你為何不必親身涉險就能立下奇功？」

羽仁男很想親自回答，可惜內容過於複雜，他的英文程度不足以應付，只得委請那個先發話的男人居間傳譯。對方也得意洋洋地施展長才，使用從其粗獷外貌難以想像的流利英文在大使與羽仁男之間來回翻譯。不過，羽仁男的某些話有失禮數，男人會看情況略去不譯。

「A國到底在搞什麼啊？白白犧牲了三個情報員菁英，還因此損失了數十億圓。話說回來，就貴國的立場而言，死了幾個那麼愚蠢的情報員說不定是好事呢。各位雖然精明，卻被欲望沖昏頭腦，把事情最基礎的本質忘得一乾二淨，只關心不重要的細枝末節，以致於犯下不可挽回的錯誤。

難道我說錯了嗎？

那三位情報員是為了試吃紅蘿蔔而一個接一個潛入B國大使館，這是事實，到這一步為止的推測正確無誤。

但是，我看過相關的新聞，您看看那些報導是怎麼寫的？

標題是這樣的：

笨賊擅闖B國使館　誤食毒紅蘿蔔當場斃命

報導內容指出，情報員口腔內殘留一塊摻有氰化鉀的紅蘿蔔，B國大使指稱自己『不慎將動物實驗用的毒餌留在桌上，沒想到被空腹的竊賊誤食了』，結果這則新聞淪為民眾茶餘飯後的笑料。

你們在看完報導後中了誘敵之計，於是第二位情報員同樣為國捐軀。

因為你們認為B國大使根本不以為意，照樣每天晚上在桌面擺上紅蘿蔔，靜待下一個小偷上門。

問題是，有誰親眼目睹第一個情報員確實是在試吃紅蘿蔔之後死的呢？說不定是被人拿紅蘿蔔硬塞進他嘴巴裡的呀？

換言之，B國就是故意讓你們以為需要某種**特殊**的紅蘿蔔才能解讀電文，並且讓你們誤認為要分辨紅蘿蔔含毒與否的難度相當高。這一切都是心理戰術。

在我聽完整件事之後，立刻發覺這是一場陰謀。

為什麼沒有想過『使用普通紅蘿蔔也能達到同樣的效果』呢？這種事連小孩子都懂，你們偏要想得錯綜複雜，最終還喪失了三條生命。

因此，我帶著兩種方案來此拜訪。先用普通紅蘿蔔嘗試一下。這個方法的成功機率應該有八、九成，但若失敗了，我再拚上這條命去試吃摻有氰化鉀的紅蘿蔔。反正連命都豁出去了，吃口紅蘿蔔根本沒什麼大不了的。

現在可以向各位坦白了，我非常痛恨紅蘿蔔。

一看到那種紅中帶黃、與新潮相距甚遠的顏色，更別說那股怪味，尤其是生食時的味道，簡直讓人渾身起雞皮疙瘩。

小時候經常看著我最討厭的老爸嘎嘣嘎嘣地大啖生紅蘿蔔。我小小的腦袋瓜想著，啃那麼多紅蘿蔔肯定早晚要變成一匹馬，我這輩子絕對不吃那種低賤的東西！日子一久，也就從心理的抗拒演變成生理的排斥。

此後我只要看到有紅蘿蔔的菜餚，例如燉牛肉，就覺得自己像看見馬桶似地直犯噁心。我甚至曾經在書店裡看過一本名為《紅蘿蔔》的小說，簡直不敢相信居然有作家如此神經大條。

假如要我現在立刻選擇要被槍殺還是吃紅蘿蔔，我寧可被一槍斃命，可惜這條命已經不是我的，而是握在你們手中，所以只好來表演比要我去死更痛苦的吃紅蘿蔔了。

這兩百萬圓酬勞實在太便宜了。

基於善意，我在此提醒A國大使，今後別把事情想得太複雜。人生和政治其實沒那麼難，兩者都一樣簡單淺白。不過前提是要將個人生死置之度外，否則難以達到這樣的境地。求生的渴望會讓一切事物變得複雜又詭異。

好了，就此告辭。以後應該沒有見面的機會了。

這次的工作內容我保證絕不會告訴任何人，望請切勿指派貴國引以為傲的情報員探查我的一舉一動。

此外，往後應該不需要我再效勞，拜託不要再來找我了。

我對A國與B國之間劍拔弩張的政治問題完全沒興趣。想必各位閒得發慌，才會一天到晚『勢如水火』吧。

那麼，失陪了。」

等那個先發話的男人譯完這段話的時候，羽仁男已經退到那扇氣派的門扉前，畢恭畢敬地鞠了躬準備離開。

34

——他一回到醫院，匆忙收拾隨身物品後趕著出院，在回去公寓的路上沿途留意有沒有遭到跟蹤，一踏進家門就開始準備搬家。

「要搬走了嗎？你才剛復原就要搬去別的地方，真讓人捨不得哪。不過，預付的半年房租不能退還哦。」

「不要緊，您留著。」

「瞧你這麼年輕，原來收入不少嘛。」

十分欣羡的公寓管理員把舌頭在嘴裡攪了一圈。這個人像極了一頭成天反芻的牛，老是把食物殘渣藏在嘴裡的某個角落，時不時地拿舌尖撈出來再次回味。

羽仁男的行李很簡單。他很少看書，衣服也是穿膩了就丟掉，因此除了傢俱之外，其餘的物件僅需三個大紙箱即可裝完。他在整理過程中發現早前陪他共進晚餐的那個老鼠布偶，便隨手將之扔進其中一個紙箱裡。

他雇來搬家的小貨車停在公寓前面。對門鄰居屋前有一株不起眼的櫻樹，樹枝掛著不到十朵的寥寥櫻花。漫不經心的貨車司機只管抬頭賞花，沒有打算幫忙搬運的意思，羽仁男只好自己把傢俱一件一件搬下樓。

不曉得是體力尚未完全恢復，抑或是他的身體無法接受紅蘿蔔，只不過搬了兩張椅子已讓他大汗淋漓。

公寓管理員也躲得不見人影，連出來幫個忙都不肯。

他好不容易扛著桌子一階階下樓，途中忽然覺得背上的負重變輕了。

正納悶著，赫然看到是今天早上那個先發話的男人把桌子搶過去架到自己的肩頭上。

「我來幫忙。你病剛好，怎能搬重物呢？」

話音未落，只見另一個男人也奔上樓去，大聲問道：

「這個箱子也要搬下樓吧？」

不到眨眼工夫，他的家當已經全部裝上貨車了。

「真是謝謝你們，可是我不是拜託過你們不要跟蹤我了嗎？」

「不是跟蹤你，只是聊表心意而已。我們很清楚，我們的恩人總是會想盡辦法離我們愈遠愈好。今後絕不會給你造成困擾，需要幫忙的時候請隨時通知，一定立刻趕到。」

「你身上帶著槍吧？」

「那當然！」

先發話的男人以宏亮的聲音回覆，臉上的表情純真坦率。他遞來一張印著「內山誠」的名片，除了地址和電話以外沒有標注任何頭銜。

男人露出飽含誠意的笑容，問了羽仁男：

「現在要搬去哪裡呢？」

「別問了，連我自己也不曉得。」

羽仁男冷冷地扔下這句話，坐進貨車的副駕駛座。那兩個男人還在櫻花樹下揮手送別。小貨車的引擎無力地緩慢啟動。

「要去哪裡？」

貌似迷糊的司機詢問。

「世田谷。」

羽仁男隨口說了一個地名。

其實他還沒決定要去哪裡。

懷裡揣著面額各為兩百萬圓和二十萬圓的兩張支票。

他望著粉嫩的春日街景，加總了從事這門生意之後的收入。

從第一位老先生那裡賺得十萬圓。

在自盡身亡的女士那件案子裡賺得五十萬圓。

從吸血鬼的兒子那裡賺得二十三萬圓。

這次的案件讓他賺得二百二十萬圓。

陸陸續續總共賺進三百零三萬圓，以平均月入百萬圓而言，稱得上是門好生意。這樣的收入相當於他在廣告公司撰寫文案的十倍。

雖然預付公寓房租的錢等於浪費了，但是手頭上的這筆數目還足夠他揮霍一陣子。

這樣的收入當然比不上流行歌手和電影明星，可是他們的開銷更大，也沒辦法和羽仁男一樣拿命換錢，逍遙快活地受人照顧或者讓人吸血，過著如此輕輕鬆鬆的生活。

總之，此刻正是「性命出售」這門生意暫時公休的最佳時機。他大可先過上一段奢侈的日子，想要繼續在世上賴活著也無所謂，等到哪天又想死了再重操舊業就好了。

他從來沒有體驗過如此自由奔放的心境。

真不懂那些終生受到婚姻束縛的人，還有那些為公司做牛做馬的人，他們為什麼要選擇那條路。

怎麼不學他把手上的錢統統花光，活不下去就自我了斷，這樣不是很好嗎？自我了斷……

想到這裡，他的精神層面忽然湧上一股嘔吐感。

只因一度自殺未遂，他連這個念頭都不願意再想起。好不容易才陶醉在這自甘沉淪的愉悅之中，連近在咫尺的那包菸都懶得起身去拿。儘管此刻很想來支菸，可是他明白香菸的所在位置就算伸手也搆不到。起身拿菸的麻煩程度，幾乎相當於受人之託使勁推一輛拋錨的車子。而那就是他心目中的自殺。

「要去世田谷的哪一帶？」

貨車正行駛在環狀七號線上，司機如此問他。

「該去哪一帶呢？你隨便找家房屋仲介公司或是介紹所的門口停一下吧。」

「我的天！先生，您還沒決定要搬到哪裡？」
「是啊，還沒決定。」
「我的天！」
司機嘴上這麼說，表情倒是不怎麼訝異。
就在快要轉到梅丘車站的路口，羽仁男瞥見一家玻璃門上貼著租屋廣告的介紹所。
「那邊吧，在那邊停一下。門口應該可以停車。」
「嗯。」
司機嘴巴半開，哼了一聲充作回應。
羽仁男開了玻璃門進去。
「歡迎光臨！」
一個年約五旬的白胖婦人坐在桌前查閱文件。
店裡的角落擺著一組連裡面填充的草稈都露了出來的破舊沙發，還有插著廉價塑膠玫瑰的花瓶，牆上貼著這個地區的地圖。

「我想要租房子，最好是獨立門戶的廂房。如果有人能夠幫忙準備三餐更好。」

「好的，但是沒辦法馬上找到您心目中的房子。您的預算多少呢？」

「月租五萬，超過一些也沒關係。伙食費當然另計。」

「請稍待。」

婦人正要翻閱帳冊，玻璃門忽然被猛力拉開，一個身穿褲裝的小姐踏入店裡。

一見到那位小姐的面孔，五旬婦人毫不掩飾地皺起了眉頭。

35

那位褲裝小姐走路搖搖晃晃的，不太對勁。

她氣色很差，年紀不到三十，以身形來說臉蛋特別小，精緻的五官帶有日本風情，但妝容卻是另一種風格，還有隱藏在毛衣底下那對明顯的隆起也與身材不成比例。

自從那位小姐進來以後，五旬婦人就忘了羽仁男還在店裡。

「妳再來鬧，我可要報警啦！」
白胖女老闆渾身上下的肥肉張牙舞爪地展示威脅。
「敢報警就去呀，我又沒做什麼花（壞）事！」
口齒不清的長褲小姐並未示弱，逕自將羽仁男面前的那張椅子轉過來背對他坐了下來。
「拜託妳別再來鬧了！房租開得那麼貴，還加上一堆附帶條件，就算妳讓我抽佣，但我這家店並不是人力仲介呀！妳乾脆自己去找人，直接和對方商量不就得了？問題是妳又沒那個本事，那還能怎麼辦呢？」
「妳開的就是介紹所，沒有權利拒絕顧客的要求！我有沒有這個奔（本）事，也不關妳的事！」
小姐嚷完這段話，把頭往椅背一靠，隨即鼾聲大作。她熟睡的模樣透著稚氣，微啟的雙唇柔軟滑嫩，具有幾分撩人心弦的魅力，可惜那個鼾聲實在讓人倒胃口。
「我就覺得不對勁，果然是吃了藥來鬧場的，我可得報警才行。不好意思，勞駕您留在這裡關照一下，可以嗎？萬一這個女人醒來以後砸了我的店可就麻煩了，

個分明。

羽仁男也把搬家的貨車還停在店外的事拋到腦後，饒有興味地安坐於椅子裡問

「到底是怎麼回事？」

真是討厭死啦。」

「她呀，其實是附近一戶富貴人家的千金，是家中么女，和父母住在豪宅裡，家裡的其他孩子都結婚搬出去了。父母的溺愛養成了她任性的脾氣，生活毫不檢點，這副模樣就別想嫁得出去嘍。

她父母早前是這一帶的大地主，戰爭爆發之後家道中落，我幫忙賣了不少土地和屋子。他們現在只剩下這棟豪宅了。就算是家財萬貫，也總有坐吃山空的一天，所以他們打算把家裡那棟裝潢為茶室風格、內部隔成三個空間的廂房分租出去。這是常有的事，我當然樂意幫這個忙。

偏偏這位玲子大小姐總是不肯讓我順順利利地幫他們把房子租出去。那麼破舊的老廂房，她要求押金五十萬、月租十萬，一毛都不能少，還加上了房客必須是年輕單身漢的附帶條件。我介紹來的人她連正眼都不願瞧一眼，甚至有一位心儀玲子

小姐的中年董事長願意花大錢租下廂房。可是玲子小姐老是這樣上門鬧事妨礙我做生意，我再也受不了啦！您想想，這種事誰吃得消呢？」

婦人向羽仁男抱怨完也忘記自己要去報警，愈想愈委屈，把臉埋在袖子裡嚎啕大哭，最後乾脆把額頭靠在貼著租屋廣告的玻璃門上哭個不停，玻璃門像被強風吹襲的日子那般咔嗒咔嗒響。

一個是鼾聲如雷，一個是縱聲痛哭，看得羽仁男瞠目結舌。半晌過後他終於做出決定，站起來將手搭在還沒哭完的婦人肩膀上。

「呃，那間房子就由我租下吧。」

「什麼？」

五旬婦人抹了眼淚，睜大眼睛盯著羽仁男的臉，簡直要把他的臉看穿了。

「不過有個條件，我想先把行李搬到那個廂房暫放，如果房子不合我意，或者對方覺得我不夠資格，我立刻離開，這樣彼此都省事。」

「您把家當都搬來了嗎？」

「貨車就等在外頭。喏，就在那邊。」

此時恰巧起了一陣風。那輛小貨車停在對面圍牆裡隨風搖曳的櫻樹底下，司機同樣下了車，漫不經心的欣賞櫻花。天空的顏色不是湛藍，而是籠罩著灰黃的煙靄。一隻貓沿牆頭而行，縱身撲向櫻樹暗黑的枝椏，將身子攀在樹上像水母那樣擺盪，然後沿著樹枝落地離去。

這是一個陽光特別耀眼的下午。

這是一個彷彿遺忘了某件大事的下午，一個敞亮如大片空地的春日下午。

羽仁男才剛打算要休養一陣子，可是現在感覺自己似乎又捲入了某樁詭異的事件當中。這個世界應該是像雲形尺那種形狀。所謂地球是球體恐怕是騙人的。實際上應該是某一邊彎彎曲曲地勾向內側，然後筆直的另一邊突然化為斷崖絕壁。

任何人都可以輕易說出人生沒有意義，然而要在沒有意義當中活下去卻需要無比強大的力量。羽仁男對此有了新的體悟。

五旬婦人揪著玲子的肩膀將她搖醒。

「欸，這位先生願意租妳們家的廂房。他年輕又單身，是妳喜歡的類型，這下子總符合妳的條件了吧？快帶人家去看房子吧！」

玲子睜開眼睛，頭靠著椅背抬眼望向羽仁男，嘴角閃著一縷涎液。羽仁男有些厭惡，又感到莫名魅惑。

玲子從椅子霍然起身。

「我接受！花了這麼久總算找到我要的人了。喂，妳別老是說我壞話，要為我感到高興呀！」

玲子毫無情感的空洞聲音誇張地說著，猛然抱住五旬婦人。

「就是這樣讓我拿她沒辦法。看起來像在找麻煩，其實只是個長不大的小姑娘。」

五旬婦人這回對著羽仁男擠出一個很明顯是職業性的微笑。

36

在玲子的指示之下，貨車上的行李和傢俱統統卸在靠近後門的廂房門前，然後玲子拽著羽仁男的手指頭沿著踏腳石走向正房。

他們穿過蔥蔥蘢蘢的庭院，實在難以想像那條交通繁忙的環七道路就在近旁。在正房簷廊的兩張籐椅上，一對老夫妻相對而坐的身影映入了羽仁男的眼簾。

「咦，玲子回來啦？」

「嗯，我把廂房的房客帶回來了。」

「哎呀，不好意思，家裡亂得很。請進來坐坐。」

身形嬌小的老夫人有著優雅的氣質，客氣地招呼著羽仁男。站在她身旁的白鬚老翁也是一身和服裝束，同樣氣度非凡。

「幸會，敝姓倉本。」

老翁笑著自我介紹。和藹的態度讓羽仁男感覺很自在。

他們請羽仁男坐在客廳壁龕前的上座，送上茶水。這種極為尋常且老派的待客方式，卻讓羽仁男多了幾分困惑。

屋內的擺設相當講究，大型紫檀多寶格櫃擱著香爐與玉鸚鵡等各式擺件，壁龕裡那幅古色古香的掛軸亦是題上詩文的桃源鄉圖。

「小女多有失禮，還請包涵。」

聽到先生這麼說，老夫人趕緊補充：

「欸，雖然有失禮之處，其實是個心地善良、像仙女一樣的好姑娘哪。我家閨女太純潔了，不諳世事，以致於不得不吃那個叫做海美拿——」

「——媽，那叫海米那[15]！」

玲子插嘴糾正。

在老夫人的口中，這個年近三十的女兒彷彿只是個十二、三歲的小女孩。

「哦，原來是那種名稱哪……總之她吃了那種藥，還有一種叫做L什麼的。」

「哎，媽，是LSD[16]！」

「妳說L什麼？是SSB嗎？聽起來真像咖哩飯的名稱哪[17]。總之呢，她常吃那種最時興的藥，晚上再去新宿一帶閒逛，這一切都是為了遇見她的『白馬王子』。玲子，媽沒說錯吧？」

「媽，別說了啦！」

「我家閨女就是自尊心特別強，這點和她的哥哥姐姐不一樣。她很認真看待自己的人生，為人父母的自然得讓她在這方面自由發展，總不能揠苗助長，只能永遠守在一旁呵護。欸，不好意思，講太多我閨女的事了。總之，我這個心地善良的閨女為了改造那間廂房可說是盡心盡力，說是要心目中的完美男士住進去，我們只有舉雙手贊成的份了。今天有緣與您相見，想必是上天的安排，這真是玲子最幸運的一天了！玲子，還不快帶這位先生去參觀廂房？」

「嗯。」

玲子起身，又一次拽著羽仁男的小指，羽仁男被這麼一拉，連忙勉強維持著身體的平衡站起身來。

---

15 Hyminal的譯音，即安眠酮（Methaqualone），俗稱白板，為中樞神經抑制劑，亦為鎮靜安眠劑，曾於一九八〇至九〇年代被廣泛濫用。

16 LSD為德文Lysergsäure-DiäthylamiD的簡寫，中文名稱為D-麥角酸二乙胺，俗稱搖頭丸，為中樞神經迷幻劑。

17 這裡描寫老夫人記不清楚英文縮寫。此處應指S&B（愛思必），是日本知名的香辛料研製企業，尤以咖哩調理塊著稱。

春光從稀疏的枝葉間盡情灑落在庭院的地面，兩人沿著山茶花盛開的矮叢折返廂房。隨著嘎啦嘎啦的聲響，玲子推開了擋雨木門。

羽仁男預期將有濃臭的霉味迎面撲來，結果卻出乎意料。

首先映入眼中是一間廚房。地面不是茶室慣用的榻榻米，而是磁磚鋪地。磁磚的圖案像極了紛紛揚揚飄落一地的葉片。

羽仁男接著走進隔壁房間的客廳，頓時愣住了。

地面鋪著豪奢的天津地毯，具有法屬印度支那風情的竹床上面覆著波斯風格的斜紋紡織床罩，通常會掛上茶室掛畫的壁龕位置擺的卻是豪華立體音響。坐鎮於客廳一隅的全套路易王朝款式椅子是採用越南常用的紫檀木並施以鈿嵌工藝，豎立一旁的則是一座新藝術運動風格的女體造型青銅立燈，女體的上身側轉捧著燈火，下身則被柔順的鈴蘭葉片圍攏裹覆。

壁面全是厚料綢緞，角落有一座華美的鏡面酒櫃。打開櫃門，裡面擺滿一瓶瓶佳釀美酒。

「難怪房租要開那麼高的價格。」

羽仁男暗自想著。玲子彷彿看穿了他的心思，開口說：

「那個介紹所的女人根本沒看過我們家的裝潢，簡直是傻瓜。我只要拿話激她，她就會氣得跳腳，真好玩。我費了好多心血才把這個房間布置完成。我總是孤伶伶的一個人，去新宿也是自己一個去……沒有人和我當朋友嘛。我實在太孤單了，所以才養成了這種興趣。我很怪嗎？」

「一點也不怪啊。不過，妳的品味真好，雖然眼光比較獨特。」

「這些都是爸爸的蒐藏，我從倉庫裡找出來布置的。爸爸現在看起來超世絕俗，其實以前也做過不少壞事唷。」

「令尊同意妳這麼做？」

「同意？在我們家，誰敢對我的話有意見，多半沒什麼好下場！」

玲子說完忽然尖聲大笑，就這麼笑了好一陣子。

這時，老夫人敲了敲尚未推到底的擋雨木門，進了屋裡。

她鄭重其事地端來一只漆盤，盤子裡擺著折疊整齊的奉書紙。

「這是請款單和合約書，麻煩您了。」

紙上寫著「押金　五十萬圓整」「月租　十萬圓整」等等文字，看起來像是御家流[18]的字體，並且詳列各項條款。

「我身上有錢，但都是支票，可惜沒法湊到恰好的金額。時間已經過了三點，我明天再到銀行換成現金給您。」

「您方便就好。」

老夫人說完，再次踩著緩慢的步伐返回正房。

羽仁男想起還堆在門口的行李。要是把那些傢俱塞進如此高格調的屋子裡實在太窮酸了，他盤算著將自己的東西借放在倉庫裡。

他才剛起心動念，玲子隨即表示：

「想到倉庫的話隨時都可以帶你過去。帶來的傢俱就收進那裡面吧。」

玲子簡直會讀心術！

「你為什麼知道別人在想什麼？」

「每次吃了藥、神智不太清醒的時候就有這種本領。我也不曉得為什麼，但是平常不會這樣。」

兩人找不到其他話題，同時陷入沉默。

羽仁男愈想愈覺得這戶人家不太一般。他依然不明白為什麼要把屋子布置得那麼豪華、擺放那麼龐大的床、對房客的身分百般刁難，並且索取昂貴的租金。

雖說是收租做為生活費，那麼這個遲遲未出嫁的瘋癲族[19]又為何三天兩頭去介紹所纏鬧，非要讓人幫她找到心目中的理想房客呢？

她的行為舉止雖然脫離常軌，但看起來不像是真的瘋了。

像羽仁男這種人，或許命中注定才剛逃過一劫隨即遇上另一個「同類」。孤獨者的嗅覺靈敏如狗，可以立刻聞出另一個孤獨的人。玲子必定是用她那雙半夢半醒的眼眸，識破了羽仁男絕不是個身心健全並且腳踏實地的人。

然而奇妙的是，這樣的人總喜歡把自己的窩巢妝點得美輪美奐。自從羽仁男在

18 日本書法的主要流派，幕府時代的官方檔以此字體書寫。

19 一九六〇年代末期有一群遊手好閒的年輕人經常聚集在新宿一帶，他們無所事事，蓄長髮、穿喇叭褲、戴造型誇張的墨鏡，被稱為「瘋癲族」。不同於同一時期的美國嬉皮文化，日本的瘋癲族沒有明確的政治理念與思想觀點。

那個樸質的公寓做起「性命出售」這門生意賺了不少錢之後，也開始尋找可以揮霍的暫歇之處，而這間屋子正是他要的。低矮的天花板，簡直像座宏偉的陵墓。

「我身心俱疲，想在這間屋子裡住一段日子。」

羽仁男喃喃說道。

「什麼事讓你那麼疲憊？」

「說不上來，反正我累了。」

「該不會是人生讓你疲憊啦、活下去讓你疲憊啦，這一類再平凡不過的事情吧？」

「還有別的事讓人疲憊的嗎？」

玲子從鼻孔噴出一聲冷笑。

「你心裡清楚，是死亡讓你疲憊。」

37

玲子眼睛流露著迷濛與渙散，從嘴巴迸出的話語卻尖銳得令人懼畏。

羽仁男一時招架不住，顯得狼狽。玲子從書櫃裡抽出一冊豪華精裝版的厚書，攤在膝腿上翻查了好一會兒，「找到了，就是這個！」她指給羽仁男看。

那是大開本的《一千零一夜》，內頁有一幀幀精美的插圖。玲子指的那一幀是畫在一篇亂倫故事裡的插圖。這個故事相當著名，內容是一對同父異母的兄妹明知有違人倫卻愛上彼此，為了躲避世俗的異樣眼光，便在地底墓穴裡打造豪華的房室，於房頂覆上蓋板，過起了與世隔絕的生活，不分晝夜浸淫於歡愛之中，終究招致天神憤怒，受到天火焚身之刑。當兄妹倆的父親終於找到他們藏匿的墓穴時進去一看，只見到織錦床榻上躺著兩具緊緊相擁的焦屍了。

那幀插圖畫的是人形猶存的全裸焦屍在沒有燒焦痕跡的豪華床榻上抱在一起的情景。這幅畫想表達的是死亡的不祥與醜陋，以及兩人在世之時，日日夜夜熾烈燃燒著那對姣好身軀的歡愛之火。這一幕隱喻的是兩人並非死於天神的怒火，而是被肉體享樂的歡愛烈焰給活活燒死的。

「他們化為焦屍仍然吻著彼此，愛得太深了！這兩人一定是死於慾火焚身的高潮吧。」

玲子這麼說。

「我想知道，妳讓我這個率性的房客住進這麼好的地方，究竟是為什麼？」

羽仁男反問。

「以後再慢慢讓你知道。等明天該收到的東西拿到了再說。」

玲子只扔下這個回答。

38

天黑之後，羽仁男無事可做，於是給小薰撥了電話。

「哇，你在哪裡？不是從那棟公寓搬走了嗎？」

電話的那端傳來小薰驚喜的聲音。母親的離世，所幸並未使得這個少年的心中蒙上一層陰影。

「我搬得很匆忙。這通電話是要告訴你新家的地址和電話。」

「等一下！你的電話沒被人竊聽吧？」

「有道理，很有可能。管它的，想聽就聽吧。」

「又重操舊業啦？」

「暫時休息。」

「這樣比較好，先休養一陣子才好。反正生活開銷不成問題嘛。」

這個少年說得老氣橫秋。

「等我掛回牌子做生意的時候請多關照。」

「不會吧，總該改做正經生意了。對了，可以去你家玩嗎？」

「現在不太方便。」

「家裡又有女人了吧？」

「是啊。」

「哼，老毛病！」

「碰上麻煩事再打給你。遇到危險的時候，只有你能救我了。」

這句話頓時讓小薰相當得意。

「可是救了你又要被你埋怨，我到底該怎麼做才對？算了，等你聯絡吧。放心，我不會先打給你的。」

小薰說完便掛上電話。

翌日，羽仁男前往銀行開戶並將支票換成現金。一回到住處，立刻把錢送去給倉本夫人。

「欸，勞駕您專程送來，真不好意思，我家閨女一定很開心，不巧她出門了。……她找了好多年，就是在找像您這樣的人哪！」

站在門口的老夫人嘴角致謝，嘴邊浮現優雅的笑容。一會兒過後，她十分慎重地將合約書裹在紫色綢布裡交給了羽仁男。

「可以叨擾一下嗎？」

「別客氣，請進、請進！我去沏茶。」

這對老夫妻熱情地歡迎羽仁男進來正房坐坐。

羽仁男被領到了閑靜的客廳。一進到這裡，羽仁男的情緒也跟著放鬆下來，因為這個空間摒絕了一切存在於現代社會的光怪陸離，而唯一的例外就是他們的獨生女玲子！

倉本先生將手中的唐詩選集擱到一旁，問道：

「看起來氣色不錯，真是太好了。昨晚睡得好嗎？」

「託您的福，睡得很熟。」

羽仁男誠摯地向老人家施了禮。他曾經竭盡全力只求一死，然而此刻眼前的這對夫妻卻並不急著邁向死亡。不知何處飄落的櫻花花瓣隨風捲到了庭院裡，白晝的屋裡有著涼爽的昏暗，以及老翁蒼白的手翻動的唐詩選集書頁。這兩位像是靜靜地為即將到來的寒冬編織毛衣似地，在漫漫時光中，徐徐編織著自身的殞命。

他們為何能夠這般從容自若呢？

「想必玲子讓你覺得錯愕……」倉本先生滿面笑容地說道，「請包涵。她會變成那個樣子，我必須承擔責任。」

羽仁男不自覺看著倉本先生，夫人恰於此時將茶端進客廳，語氣平靜地接著說道：

「也好，不如把那件事也說給他聽吧。」

倉本先生於是開口講述：

「我以前在船上工作。

起初是船長，後來上岸回到所屬的船公司擔任董事，最後成為董事長，開始在這一帶買下大批土地，原本的計畫是當個大地主頤養天年，怎料到國家輸了戰爭，地主不再等同於富豪，不多久就變得一貧如洗。那些土地若是留到現在，少說值個幾十億，可惜戰爭結束後為了繳交財產稅不得不變賣部分土地，後來陸陸續續脫手更多土地換回現金，現在想來真是太愚蠢了。

那些事就不再多說了。么女玲子是昭和十四年[20]出生的，也就是我卸下船長職務的第二年。

船長的工作讓我累了，患上了現在所謂的精神衰弱，在精神病院裡住了短短兩三個星期就完全康復了。這一點從我後來被推選為董事甚至當上董事長，並將公司經營得很成功，就可以得到證明。

誰會想到這麼一件不值一提的小事，竟會在二十年後，也就是九年前，對玲子的人生造成那麼嚴重的傷害。

那時候有人來給玲子作媒，玲子也相當滿意那位未來的夫婿，不料對方忽然拒絕了這樁婚約。其實大可不必追究對方拒絕的原因，可是玲子這孩子好奇心很強，最終還是從那位口風不緊的媒人嘴裡問出了理由。

原來是對方查出我二十年前住院的事，只因為我當過船長，竟然毫無根據地懷疑起我當時治療的絕不是精神衰弱而是梅毒，再加上玲子在我住院之前出生，因此一口咬定她身上必定帶有先天性梅毒。

從那天起，玲子就變了個人似的。

她開始菸酒不拒。即使我告訴她那只是對方憑空臆測的謊言，只要去醫院抽血檢查即可釐清真相，我們父女倆可以一起請醫師講解檢驗結果，可是玲子說什麼就是不聽。不管拿出多麼有力的科學證據她都不肯接受。她信誓旦旦地認為，『我遲

20 即西元一九三九年。

早會發瘋，反正能活的日子不多了，我才不要結婚呢，更別想要我生孩子！』沒辦法，我這個女兒一旦把話說出口就是雷打不動。

她的兄姐都是老老實實、規規矩矩的，他們都來好言相勸，可是玲子那個倔脾氣更是不肯聽勸，誰來說都沒有用。

最後實在沒有辦法，我只好按照玲子的要求，把那間廂房轉為她名下的財產。可是手續辦好之後她又不住進去，說是要高價出租，收房租當成自己的生活費。

我雖然老了，一個女兒還是養得起的。所以，如同我方才解釋過的，您給的錢會全數轉交給她。

欸，讓您無端聽了這些事，實在抱歉。倘若您聽完這段不得已的苦衷之後對小女心生憐憫，願意住下來，可就再好不過了。

近來那孩子似乎總在新宿一帶閒逛，還服用不明藥物，左鄰右舍都對她避之唯恐不及，可是她依舊堅信自己『有一天會因為先天性梅毒而發瘋的』，實在不曉得該拿她怎麼辦才好。

說了這麼多家醜，請別見怪。

我們夫妻倆唯一感到慶幸的是，小女雖時常待在新宿那裡，若逢週日甚至滿不在乎地直到天亮才回家，然而不知道什麼緣故，她一直是獨來獨往的，沒有與人拉幫結派，也不曾把任何一個不修邊幅的朋友往家裡帶，真是不幸中的大幸。要是那種分不清是男是女、一頭長髮活像妖怪的人常來家裡走動，我們可要愁死了。

說到這裡，請恕冒昧，您年紀雖然不大但是儀容服裝十分得體，年輕人都該向您看齊。」

39

——這一天，過了很久玲子還沒回來。羽仁男沒有刻意等她，只是懶洋洋地躺在床上看書打發時間。

他心裡明白，就算去新宿找玲子也是徒勞無功。

羽仁男還待在設計界的時候，對那些嬉皮已有相當深入的了解。儘管他們會去探究「存在的無意義」，然而對於席捲而來且無從迴避的「存在的無意義」浪潮，他們並不是勇於直面這場變革的人。玲子就是一個很好的例子。這些人各自為著某種再庸俗不過的隱衷而變成這副模樣。舉例來說，由於毫無科學依據的梅毒恐懼症、不想上學或是討厭讀書等等。

羽仁男立於居高臨下的角度，傲然睥睨那一個個認為自己有「隱衷」的人們。存在的無意義，絕不會透過那些嬉皮所想像的方式對人類發動攻擊，而是必定會經由「報紙上的鉛字化身為蟑螂隊伍」的模式對人類逐步進犯。

這就好比一個人漫步而行，以為自己走在平坦的道路上，渾然不覺腳下其實是三十六層大廈樓頂平臺的欄杆。

這也像是你在逗貓玩的時候貓兒開口喵了一聲，就在此時，你在那張飄出魚腥的嘴巴深處，赫然目睹一座猶如慘遭猛烈空襲過後被燒毀成一片焦黑的城市廢墟。

對了，他一度很想養隻暹羅貓，只是沒料到後來卻只能和一個老鼠布偶共進晚餐。

他在腦中想像著把牛奶盛在大鐽子裡送到貓鼻前餵食，等牠舔了奶要吞下去的時候抬高鐽子往上頂，讓牠沾得滿臉都是牛奶的模樣。

這個儀式在他的浮想聯翩當中具有非常重要的意義，由此可見，這對於日本的政治與經濟的各個層面而言也必然同樣至關重要。換言之，一個國家的內閣會議就應當從此開始，包括《日美安保條約》的問題也應當使用這種方式解決。從一隻高傲的貓一時大意導致顏面無光這件事帶來的啟示，讓我們得以徹底領悟到飼養貓兒的意義所在。

也就是說，羽仁男的一切思維起點都是從存在的無意義出發，並且由此基礎進而演繹，得到了應該為具有意義的自由而活的結論。所以，他**無論如何都絕對不可以**一開始就採取具有意義的行動。至於那些一開始就採取有意義的行動以致於後來遭受挫敗和絕望的人，他們看似奮勇直面存在的無意義，其實說穿了只是感傷主義者。一群貪生怕死之輩。

當你一打開櫃子就知道在那堆亂七八糟的東西裡面有一件叫做「存在的無意義」的時候，又何必非得去探究存在的無意義、活在存在的無意義之中呢？

羽仁男十分篤定自己遲早又會「出售性命」。

——這時，茶室的門被輕緩地推開。他還以為是貓，原來是玲子進來了。

她耳下吊著偌大的塑膠耳環，身上罩著墨西哥斗篷樣式的衣服。在紅色綠色黃色相間的條紋中，一張蒼白的臉孔從領口探了出來。

「咦，回來嘍？」

羽仁男像自家人般打招呼。

「餓了吧？我是來幫你做晚飯的。」

「妳這位房東服務還真周到。」

「你已經從我爸那裡聽說了吧？」

玲子望著羽仁男的額頭問他。

「莫非寫在我額頭上？」

「是呀，什麼事都別想瞞過我。」

玲子扔下這句話後走進廚房，接著傳來忙碌的聲響。羽仁男覺得無聊，想和她繼續交談，就在水聲和切菜聲中提高嗓門往下聊。

「今天晚上以後我都來這裡過夜，好嗎？」

「好是好，不過……」

「不過什麼？」

「要是明天早上我們變成兩具焦屍，可就不好玩了。」

「那就開瓦斯吧，可以死得好看些。」

「《一千零一夜》那個故事裡的主角可是享盡魚水之歡以後才死掉的，我只溫存一個晚上實在太虧了。」

「真貪心。」

玲子不置一詞，取而代之傳來的是鍋裡的菜餚煮滾的聲響。

「該不會在菜裡下毒吧？」

「毒發身亡比較好嗎？」

「用砒霜的話，之後會驗出來的。」

「反正我陪你一起死，無所謂。」

「我可還沒答應喔。我是租了妳的房子沒錯，可沒簽約連妳一起租下來。」

菜做好了，從廚房端上桌。色味俱佳的法式肉湯、菲力牛排，還有一小瓶葡萄酒。玲子像隻慵懶的小貓咪，坐在一旁望著羽仁男胃口大開的模樣。

「好吃嗎？」

她問他。

「嗯！」

「我問你，喜歡我嗎？」

她發問的語氣和臉上的表情同樣睏倦。

「是啊，一手好廚藝，一定是個好太太。」

「別貧嘴了。我一直等著和你見面，還寄過信給你。我知道你總有一天會來我家。不曉得為什麼，我就是有把握你遲早會來。你一定就是**那個人**，那個在《朝夕新聞》上刊登『性命出售』的奇怪廣告的人，對吧？」

40

「真不簡單。妳第一次在那家介紹所見到我的時候，是怎麼認出我就是在報上登廣告的那個人呢？我只是碰巧路過才進了那家店的。」

「因為我手上有你的照片嘛。」

玲子一臉不在乎地回答。

「妳有我的照片?誰給的?」

「又不是刑警問案。別像個小老百姓似的連這點小事都擔心,你不是天不怕地不怕嗎?」

這個話題就聊到這裡。就算在介紹所遇見玲子只是巧合好了,可是自己某個時刻被拍下的相片恐怕有些人已經看過了。問題是,為什麼?該不會在某個陌生的世界裡,自己已經成了大明星吧?

吃過飯,玲子靠過來用雙手捧住羽仁男的臉頰,以那對大得嚇人的眼眸深情地凝視著他,問說:

「我把病傳給你,好不好?」

「好啊。」

羽仁男懶懶地應了一聲。

「我再過不久就要變成瘋子了,說不定等一下就會突然發瘋唷。」

玲子的這段話聽在羽仁男的耳中，忽然覺得這個遲未出嫁的女子格外惹人憐愛。

——羽仁男在見到玲子解下衣裳後露出的晶瑩胴體，不禁為之愕然。原以為她已被那些藥物摧殘得體無完膚，沒想到在微暗燈光下，緊緊裹住那寂寞不安的靈魂的竟是如此柔滑的肌膚。健美乳房的渾圓曲線神似古墳的模樣，使她的裸體呈現一抹古典的韻味。就連玲瓏有致的腰線，以及在幽暗中更顯雪白的小腹，也都溫婉如水，豐潤飽滿。凡是被羽仁男的指尖輕撫過的地方旋即泛起一陣陣抖顫，如漣漪般蕩漾擴散到全身上下的每一個角落。羽仁男覺得眼前這個噤默無聲的玲子像個被拋棄的小孩，讓人心疼。

然而，在最後的那一刻，羽仁男驚見玲子緊蹙的雙眉間那深若金屬鏤刻般的痛楚，立時顛覆了他認定她早已知曉男女之事的成見。完事後的床單落下了狀如小鳥的血印。

羽仁男溫柔地將她放躺下來，刻意不提起這件事，反而是玲子主動問起：

「怎麼樣，嚇了一跳吧？」

「的確嚇了一跳，沒想到妳還是處女。」

玲子不作聲地站起來，像鄂圖曼帝國的宮女那樣全身一絲不掛地用托盤送上甜酒和兩個利口酒杯。

「現在我總算可以毫無掛念地死了。」

「別說傻話……」

睡意襲來的羽仁男囁囁說著。此時此刻，他一點也不想談論活下去或是死掉之類話題。

41

玲子自顧自地有一搭沒一搭地說了起來。

「我一直渴望在入土前完成這個夢想。可是要完成夢想，就得找到人幫我，並且必須是個和我最登對、最相像的人選。」

說這些話時的玲子不同於她平常的樣貌和語氣，流露出大家閨秀的婉約氣質。

「我已經下定決心不會喜歡上任何人了。因為對方一定會因我而染病，那就太可憐了。縱使有人不惜染病依然深愛著我，然而他所得到的回報卻是一個即將住進精神病院的我，那樣未免太委屈了。這就是我從不接受任何人搭訕跟他上床的理由。我雖會服用海米那和ＬＳＤ，但是一覺得自己狀況不對就會立刻回家。回到家裡有媽媽無微不至的照顧，這樣才安全嘛。

而且那些衣著帥氣可是口袋只有十來個十圓銅板的男生，我根本懶得搭理；可是有錢的偏偏都是些猥猥瑣瑣的大叔，我哪有可能接受呢？

我希望把貞操獻給一個願意買下我的性命、我的肉體，以及我精心雕琢的華麗墓穴的年輕單身男子。並且，這個人還必須符合其他條件：渾渾噩噩混日子、即使染了病也不委屈，而且隨時可以陪我死去。我要找到這樣的人，讓他買下我的一切。所以自從拿到你的相片之後我一直仔細收藏，期盼著邂逅的那天到來。」

「妳告訴我，到底是從什麼地方拿到我的相片的？」

「就那麼想知道？討厭，打斷人家的話！真不像你的性格。」

玲子仍舊避重就輕，不肯透露是如何取得相片。

羽仁男伸手環住她的脖頸，將那張鬧彆扭的臉蛋摟過來當成孩子哄：

「聽著，快從那個荒唐的夢境醒來！真像個還沒長大的孩子。都三十歲了，還在新宿和那些小毛頭鬼混？妳自作聰明，以為自己已經把整個世界都染成了藍色。當然了，如果是個只有四疊半榻榻米的小房間，只要點一顆會發出藍光的燈泡就可以把整個房間都變成藍色的，容易得很；不過，即使變藍了，也不等於那個房間就化為一片大海啊！

要知道，第一點，妳沒生病。那只是一種尋求慰藉的臆想。

第二點，妳絕對不會發瘋。妳現在已經是不成熟的歇斯底里狀態了，而一個歇斯底里的人絕對不會進一步變成瘋子的。

第三點，大可不必因為恐懼發瘋而寧可自我了斷。

第四點，不會有人要買妳的命。真狂妄，居然要求我這個行家買妳的命！我的專業是出售性命，怎會去買別人的命？我不可能如此踐踏職業尊嚴。

玲子，聽清楚了，我認為世上最不幸的人，就是向人買命，尤其是買給自己使用的人。這種人已經墜落到人生的谷底，而我的客戶全是這樣的可憐人。正因為他們如此可憐，我也甘願讓他們買走這條性命。像妳這個三十歲的大孩子在今晚破了處，又因胡思亂想而對人生絕望，但事實上根本不是窮途末路的女人，根本沒資格買我這條命！」
「我又沒說買你的命，只是把我的命賣給你而已。」
「講這麼多了還聽不懂？我不是買家，而是賣家！」
「我也是賣家呀！」
「一個外行人少在這裡說大話！」
「你也別端出一副行家的臭架子！」
「我可是靠這個賺得盆滿缽滿哩！」
羽仁男一副自鳴得意的模樣。兩人同時哈哈大笑。

42

他們從此雙宿雙飛，日子過得還算舒心愜意。
可惜羽仁男的一番訓誡並未奏效，玲子依然認定自己有病，很快就會發瘋，並且斷然拒絕就診。她成天將這段話當成口頭禪掛在嘴邊：

「假如我突然發瘋了，拜託馬上殺了我，然後你也跟著一起死。知道了吧？」

羽仁男聽了總是隨口應付兩句。兩人看起來就像剛開始同居的情侶一般。當他們一起去看電影或散步的時候，羽仁男嚴格禁止玲子做嬉皮打扮，要求她盡量穿著適合年輕太太的簡單款式，才願意帶她出門。經過這樣的調整，玲子的臉上不再帶著尖戾之氣，而是逐漸出現高雅的氣質。

某天黃昏，兩人到附近的小公園散步，目的是欣賞昨日那場風雨過後被打落地面的櫻花。

公園是緊鄰民營鐵路的一塊長條型的小空地。在鞦韆、浪橋與攀爬架的中間矗立著參天的老櫻樹。經過馬鞍形狀的平交道後就來到公園的門口。儘管今日豔陽高照，然而昨天的那場雨已在公園門前的土壤地面鑲嵌了滿地的櫻花花瓣。而且不只是櫻花花瓣，還有攤開的舊報紙同樣被風雨拍進泥土裡了。

奇怪的是，居然沒有小孩的聲音。

整座公園一片闃靜，櫻花偶爾飄下，銀色的攀爬架在餘暉中發光。

兩人正要在長椅落坐，忽地瞥見鞦韆椅上有個人在翩翩落英間輕輕擺盪。是一名身材不高、穿戴整齊且頸繫領帶的老先生。

與玲子並肩坐在長椅上的羽仁男望向老先生的背影，總覺得有點眼熟。老先生從左衣袋掏出花生，用那枯槁如柴的左手拈起一粒放入口中，再拈起一粒又送進嘴裡。另一隻空著的右手則是不停地舞動套指玩偶。

老先生的套指玩偶是把食指伸入其頭部後方，用大拇指和中指操控戲偶的雙手，屬於尺寸較大的手偶。街上賣的那種是給孩童玩的，種類包括動物、KEROYON青蛙[21]、小丑等等，但是老先生掌中的這一具比較罕見。它穿的是高級緞面的紅色晚禮服，胸部相當豐滿，頭部的五官像人型模特兒那樣頗有現代感，連嘴巴都塗得紅彤彤的。

老先生嘴裡嚼著花生，將玩偶舉向紛紛揚揚的櫻花。他用不熟練的動作讓玩偶的手部和頭部移動。先是搖搖頭，再來點點頭。老先生似乎特別喜歡讓玩偶點頭，他讓玩偶把頭垂得低低的，這才露出滿意的表情繼續嚼花生。此刻的玩偶看起來像是在向老先生鞠躬謝罪。

老先生的舉止使得羽仁男和玲子沒有辦法放鬆聊談，兩人同時緘默下來。這時，一陣震耳欲聾的轟隆聲響起，原來是民營鐵路的上行列車與下行列車交錯而過。這陣驚天巨響促使老先生轉過頭來，這才發現自己背後有人。他那被乾淨衣領包覆的乾枯脖子用力扭轉，那個角度看起來幾乎快斷了。就在這一剎那，他和羽仁男看到彼此了。

老先生倏然面露懼色，從鞦韆椅猛然站起，反作用力使得鞦韆椅大幅晃擺而險些摺倒自己，他連忙握住旁邊的銀色柱子穩住身子。

「你居然跟蹤我！我們不是都談妥了嗎？沒想到你還是跟來了。」

「您誤會了。」羽仁男立即明瞭老先生為何如此害怕，趕緊向他解釋，「只是湊巧遇見，我也很吃驚。」

「是嗎？真是湊巧嗎？」

老先生套著玩偶的右手垂在身側，下了鞦韆，眼中滿是狐疑地靠近長椅。所幸

21 由日本藝術家藤城清治（1924-迄今）創造的角色，這隻青蛙布偶於一九六〇年代後半期成為家喻戶曉的電視節目主角。

羽仁男身旁的玲子長得清秀，使得老先生的顧慮消解大半。
老先生直挺挺地站在兩人面前，朝玲子努努嘴。
「這位女士也是你的『客戶』嗎？」
「不是。介紹一下，這是內人。我們結婚了，就住在這附近。」
安靜的玲子跟著欠身致意。
「哦，那該恭喜二位。」被嚇得驚魂甫定的老先生問道，「可以坐在旁邊嗎？」
「請坐。」
在長椅坐下之後，老先生似乎猶豫著該從何說起。他將套指玩偶橫放在腿上，嘴裡的假牙發出嘶嘶聲。
「您裝假牙還嚼得動花生那麼硬的東西，做工真好。」
羽仁男刻意用和熟人交談的語氣輕鬆問道。
「這可是特別訂製的假牙哩！就是有個缺點，呼吸時總會發出聲音。……拿出來給你瞧瞧？」
「好的，謝謝。」

老先生取下掌中的玩偶，小心翼翼地收進內側口袋之後，手指迅然探入嘴裡掏出假牙。門牙兩邊各有一顆像虎牙似的尖銳物體，臼齒則是凹凹凸凸的鋸齒狀。

「真像吸血鬼的假牙啊！」

羽仁男一邊讚嘆一邊打量。假牙上沾黏著許多嚼碎的花生粉末。老先生將假牙裝回嘴裡。

「用這種虎牙嚼花生，沒幾下就咬碎了。」老先生為他們說明，「還有，這個臼齒是特別量身訂製的，我到死前都咬得動牛排。畢竟我的人生除了吃東西以外，再也沒有其他樂趣可言了……。不談我了，你已經金盆洗手了吧？」

「是的，託您的福。」

「實在意想不到，你做的營生那麼危險，可不但保住了性命、四肢俱全，還娶了老婆！至於我呢……」老先生說著，從內側口袋掏出玩偶，遞給羽仁男。「……我現在是用這種方式和琉璃子在一起哩！」

羽仁男接過玩偶，那種輕如羽毛、感覺不到實體的觸感，讓他隨即聯想到「遺骨」這個詞彙，頓時頭皮發麻，趕緊送還老先生。仔細端詳，玩偶那張臉孔看起來和琉璃子明明沒有任何相像之處，可是就在交到老先生掌心的剎那，玩偶的側臉竟然像極了琉璃子在床上的神情，羽仁男不禁寒毛直豎。

「很遺憾。您現在還是很恨我吧？」

羽仁男問老先生。

「哪裡，我對你只有感激！琉璃子注定非死不可，死前能夠遇見你是她的福氣。」

羽仁男的大腿忽然被玲子使勁擰了一下，羽仁男疼得跳了起來，受驚的老先生也跟著跳了起來。

「哎呀，老人家不經嚇，會折壽的。」

老先生沉下臉嘟嘟囔囔地抱怨。

「話說回來，那麼好的女人再也沒見過了。她就像在這個黃昏裡飄落的櫻花一樣，外表豔麗又活潑，但也冷傲而難以捉摸……。男人但凡和她溫存過總是一輩子忘不了，難怪會對她動了殺機。實在是不得已。管它法律是啥玩意！人生在世誰沒抱罪呢？她又不是我親手殺的，是天譴，她是遭了天譴啊！」

羽仁男暗忖老先生的自言自語恐怕會沒完沒了，於是朝玲子使了個眼色，伺機起身。

「那麼，我們先走一步了。我不會請教府上在什麼地方，而我們的住處也沒有告訴您的必要。請多保重。」

「等等！再等一下，有件重要的事得讓你知道！」老先生站起來揪住羽仁男毛衣的衣襬。「別以為出售性命是一門好生意。你已經被盯上了，有人正在暗中監視你，等時機成熟就會讓你從世上消失。你可得千萬當心啊！」

43

自從遇到老先生之後，羽仁男總覺得心裡悶悶的。

過去的他從不相信自己的一個個行為最終會兜起來成為一個閉鎖的環。

他把每一次出售性命的行為都當作是最後一次，就像一次往河裡丟一束花那樣。都丟下河了，總不能再將那束花撿回來插在某只花瓶裡供人欣賞吧。丟下去的那束花就該隨波逐流，漸漸沉入水中，抑或慢慢漂向大海。

——這一夜，在臥房裡的玲子分外柔情繾綣。

完事之後，她眼中閃著特別清亮的目光。

「謝謝你，我可能可以恢復正常了。」

玲子低聲說著。

「為什麼？妳不是想把這裡當成享受歡愉的墓穴嗎？」

「是呀，起初是這麼打算。我一直在尋找願意買下這條命的男人，找了好久好久。那或許是我任性又挑剔，對買家有諸多要求的緣故吧。幸好我終於完成夢想，找到你了。只因為我是個『家有恆產的千金』，所以人們覺得我只剩下有錢這項優點了。我心目中的理想對象，必須願意拿錢出來買下我這個『家有恆產的染病千金』，如果僅僅是基於同情，我絕對不會接受他。我不准一個同情我的人在這裡白吃白住，沒有付出任何代價就和我一起死。」

「說過多少次了，妳沒生病！」

「別安慰我了。」

「不是在安慰妳，只是陳述事實。別再犯傻了。」

「可是我很擔心哪天你發現被傳染了一定會怪我嘛。還有，我很清楚萬一在你染病之前我先發瘋了，不管現在對我有多麼體貼，到時候你一定會翻臉把我甩了。我只能趁現在沉浸在『可以變回正常人』的幻想當中。我開心地夢想著自己說不定能和你結婚生子，過著愉快的平凡日子。編織夢想也只能趁現在了。以前的我連這種夢想都不敢奢望。」

玲子接著不厭其煩地詳述自己心中的「甜蜜美夢」。那平凡的幻想內容讓羽仁男吃驚。

在玲子的想像中，自己成為一個幸福的溫柔妻子。她肚裡有個孩子，雖然最後做了剖腹手術，所幸母子均安，誕下一個肌白如玉的男嬰。當然了，懷孕前她就戒掉海米那和ＬＳＤ了。

「為什麼要動剖腹手術？」

羽仁男插話提問。

「因為我是高齡產婦，需要動手術的可能性比較高，不是嗎？」

玲子答得理直氣壯。

原先規劃為供她享受歡愉的墓穴，如今有了新加入的家庭成員，於是對這間茶室進行大刀闊斧的改造。砍掉四周的樹木，加大面南的門窗，好讓屋裡享有充足的陽光。書櫃裡的《一千零一夜》限量版換成了育兒百科全書。羽仁男當回往昔那個天天出門上班的職員，屋裡沒人時就由狐狸犬看家。蒼翠的枯山水[22]林園改鋪草皮並且裝上鞦韆，環繞草皮四周的是玲子費心打理的花壇。夏天即將來臨前，玲子會去百貨公司買回「微觀蟻巢」給孩子當作暑假作業的自由研究項目。

這件新商品是玲子最近逛百貨公司時發現的，她想買給那個夢寐以求的孩子。這種蟻巢像個塑膠小屏風，透明的部分填滿白色粗砂，地面用綠色塑膠做出農家、森林與山丘的造景，綠色邊框兩側開了小孔，從孔口放入幾隻工蟻，即可透視牠們在白色砂土裡挖洞築巢的過程。整個蟻巢可以看得一清二楚，是一種可以滿足孩子的好奇心和探索欲望的玩具。

「小寶，怎麼樣？好玩吧？」

「咿呀……」

「哎，五點嘍，得去煮飯才行！」

「咿呀……」

「小寶自己在圍欄裡面玩喔。爸爸每天準時在六點十五分進門，所以媽媽要趕緊做飯，趁著鍋子燉菜的時候化個妝，才來得及幫爸爸開門歡迎他回來。這樣聽懂了吧？自己乖乖玩一會兒喔！」

「咿呀……」

——聽著玲子鉅細靡遺描繪未來的生活樣貌，羽仁男心底漸漸升起一股厭惡的情緒。這根本是蟑螂的生活！這正是那些在報紙上蠕動的成千上萬隻蟑螂的真實樣貌！他就是為了逃避那種日子才選擇了自殺啊！

由於玲子所謂的病只是她的妄想，再這樣下去恐怕真要過起如同她夢想中的生活，屆時該怎麼逃離呢？雖然這樣講沒道理，可是羽仁男開始慢慢相信玲子是真的生病了。一個人會勾勒這種幻想就是有病的跡象。

22 日本的傳統庭園造景方式，以砂石模擬呈現山水姿態。

「這些都只是我在做夢而已。你實在太健康了（羽仁男覺得奇怪，怎麼聽過好多女人對自己說過同一句話），我也跟著以為自己也很健康，才會想像這些場景。我很清楚，再過不久我就會發瘋了。」

這回羽仁男終於不發一語，不再反駁了。

這個為享受歡愉而打造的偌小墓穴，即使深夜時分也並非與世隔絕。在這個猶如暗黑稠海般的春夜裡，鄰近的斜坡轉彎處響起汽車喇叭聲像縱身躍出的飛魚魚鰭的鱗光那般尖銳，在這個輾轉反側的晚上遠遠地轟鳴。枯燥、乏味、無聊透頂，沒什麼好玩的嗎？——大城市裡的一千萬人見面時總要用這句話代替打招呼，這些人的意念匯聚成龐大的挫折感。黑夜中，數不勝數的年輕人像浮游生物般漂蕩。人生沒有意義。熱情早已燃盡。喜悅和快樂都像口香糖那樣嚼著嚼著忽然滋味盡失，最後只得空虛地吐到路邊。……有人以為金錢可以解決任何問題於是盜用公款。公款這種玩意在日本要多少有多少，閃耀著誘人的光彩。這種錢存在於任何人皆唾手可得之處，並且絕不能為己所用。世間萬物就和公款一樣只會不斷勾引你，可是你一旦伸手拿起就立刻淪為罪犯，遭到這個社會的放逐。這座大城市處處充滿誘惑卻永遠無法讓人滿足。而這樣的地獄正張牙舞爪地於羽仁男與玲子的歡愉墓穴的四周布下天羅地網。

或許玲子只是個再純潔不過、再膽小不過的普通女孩，僅僅是為了保護自己才想出了這個複雜的辦法。

羽仁男的腦海裡千迴百轉。這些日子以來已經變成一位稱職家庭主婦的玲子披上睡袍走下床，問說：

「喝點睡前酒？」

「好啊，想喝點甜的。家裡有希琳櫻桃香甜酒吧？」

「有，那麼我也喝一樣的。」

玲子拿出利口酒杯，站在角落的酒櫃前斟了酒，隨即以銀盤端來盛著暗紅色酒液的酒杯。

「乾杯。」

玲子語聲溫柔，臉上那抹微笑隱約透著幾分「安然赴死」的從容。兩人舉杯輕碰，送到唇邊。

這時，眼尖的羽仁男發現玲子的手微微發抖，立刻搶下她的酒杯順勢潑向銀盤。銀盤應聲變黑。

羽仁男接著將自的己那杯湊到鼻前嗅了一下，照樣把酒潑到銀盤上。連噴濺而起的細小酒液都把銀盤的邊緣染得烏黑。

「為什麼要這麼做！」

羽仁男抓著玲子的肩膀搖晃並且高聲怒叱。

「可是你知道的呀！你很清楚我們現在一起死才是最幸福的！」

說著，玲子趴下去放聲痛哭。

「誰要陪妳死啊！」

羽仁男雙手抱胸斷然拒絕。險些喪命的迅猛心跳是他從未有過的感受。

「沒出息！你不是來賣命的嗎？為什麼又打退堂鼓了？」

「那是兩回事。我可沒把這條命賣給妳，我甚至還付錢給妳呢！」

「反正你就是不想和我一起死！」

「別哭哭啼啼地講那種傻話。妳既然要做『出售性命』這一行，就得拿出行家的氣魄。總之，我這條命是我自己的。我每次都要做好心理準備，才會按照自己的意願出售性命。我才不要像這樣受人操控，莫名其妙被人毒死！妳看錯了，我可不是那種男人！」

「你不是那種男人，又是哪種男人？」

羽仁男被這麼一問，頓時語塞。

玲子說得有道理，羽仁男其實也不清楚如果自己不是「那種男人」，那麼是「哪種男人」。方才正義凜然的那番話，倏地化為一顆虛有其表的氣球，飄呀飄地飄上天去了。從前的那個他絕對不會說出這樣的話。自以為言之有理，卻根本經不起推敲。理由暫不細究，總之他剛剛撂下那句話意思相當於「反正我就是不想死」。

難道這表示他背叛了自己？出售性命也好，莫名其妙被害也罷，其實殊途同歸。瞧他說得冠冕堂皇，這事得「按照自己的意願」，可是最初做起「性命出售」這一行的契機，不就是因為自殺未遂而改採被動尋死的機會和辦法嗎？經營這種生意的本意不是為了賺錢，只是每個委託人都會塞錢給他而已。……既是如此，玲子所安排的在渾然不覺的情況下死去，不正是他求之不得的死法嗎？而特意為他安排這種死法的玲子，不正是一個溫柔體貼、滿懷善意，更是最了解他的女人嗎？

羽仁男在腦中一遍遍反省。可是他不願意承認自己到現在還是怕得心臟怦怦跳，只得硬著頭皮繼續裝下去了。

44

那一晚的事就這樣不了了之。可是羽仁男和玲子從此變得關係緊張。

他不得不對玲子準備的所有飲食都抱持高度警戒。

「這東西沒下毒。我已經先幫你試過毒嘍！」

玲子見到羽仁男害怕的模樣時會如此挖苦。從那天過後，她也加強了戒備，嚴防羽仁男逃脫。

在這樣調侃仁羽男時，玲子的目光飽含濃濃的惡毒。她的話語從此不再溫柔與天真，她的言談開始呈現露骨的鄙夷。

「像您如此百般珍惜性命的人，萬一感冒可就不好嘍！」

「您可得長命百歲萬壽無疆哪！」

「我們來養一隻狐狸犬吧。單靠您一個人保護這個家我實在不放心。因為發生危險的時候，您這位護花使者可是會一馬當先逃之夭夭呢！」

「一天三餐頓頓都吃得這般戰戰兢兢，您辛苦了。我看還是幫您在飯裡摻些營養補充劑來調養身子吧！」

——無論羽仁男去任何地方玲子必定如影隨形，甚至玲子想到哪裡也非得拖著羽仁男一起去。

玲子的穿著風格比以往更加放蕩形骸，並且又開始過量服用安眠藥了。她接二連三發明奇怪的設計，比方從燈籠得到靈感，做了一襲像在身體套上一個大燈籠罩似的圓滾滾的紙洋裝，並且就以這身打扮帶著羽仁男到戈戈舞夜總會[23]狂歡。玲子在跳到舞曲的高潮時還尖叫著命令其他年輕小伙子撕破她的紙燈籠洋裝：

「我是燈籠，裡頭已經著火啦！幫我撕開！快撕開啊！」

23 戈戈舞為起源於一九六〇初期年代的一種豔舞。這類夜總會與酒吧提供酒精飲料，並有舞者表演性感舞蹈。

撕掉以後裡頭只剩一件連身襯裙，她仍滿不在乎地以這副模樣繼續瘋狂熱舞。

羽仁男曾伺機於她藥效發作進入恍惚狀態時企圖逃跑，可是服了藥的她反而直覺特別敏銳。一感覺苗頭不對立刻擋在他面前逼問：

「上哪兒去？」

即使羽仁男去洗手間，她也會牢牢守在門外。

之前告訴過他，在服藥之後會具有預知與預言能力的玲子盯著羽仁男的眼睛警告：

「我料到你已經打定主意要在今晚逃跑了，絕不會放你走的！我早就曉得你為了隨時逃走而把存摺縫進肚兜裡連睡覺也從不離身。哼，怕死的孬種！守財奴！膽敢開溜就宰了你，乖乖待著才能活久一點。我終於瘋了，這下怕了吧？以前不知道原來發瘋是這麼快活的事，早知道就該快快發瘋！」

她在戈戈舞的喧囂中一邊跳舞一邊大吼。

某天晚上，玲子突然喊肚子疼，要求羽仁男陪她進廁所。羽仁男不得已只好跟進去，隨即引發其他女性顧客的驚慌並且去找經理投訴，羽仁男立刻被經理轟了出去。

這是最後的機會！

羽仁男拔腿就跑，在夜晚的街頭狂奔。

他盡量拐入彎彎曲曲的小路，走到誰也沒想過的地方。他不敢快跑免得引人側目，在這個不容易攔到計程車的時段連和囉嗦的司機花時間交談都唯恐被追上，只好一刻不敢耽擱地走了又走。

每一分，每一秒，無不暗藏危機。

無論如何要盡可能繞遠路，在櫛比鱗次的屋宅間穿來穿去，在霓虹燈閃閃爍爍的巷弄裡鑽東鑽西，踩過溝鼠的屍體，推開揪扯他衣袖企圖拉客的街頭妓女，他一心一意只求找個能夠安心的地方。

走著走著，他來到一處龍蛇雜處的陰暗的住宅區。在高架鐵路底下錯雜著一片相連的低矮屋簷，靜悄悄的。河堤旁的垃圾堆成了山，路面非但沒鋪瀝青，在沒有路燈的黑暗中遍地皆是施工時掉落的石礫。

羽仁男一路上由於專心趕程而渾然不覺，直到現在拿手帕抹了抹汗水淋漓的額頭，稍微放慢步伐打算彎進一條巷子的時候，這才發現背後有躡足的腳步聲。羽仁男走一步，後面就傳來一個腳步聲；羽仁男停下來，後面也就沒有動靜。

45

他回頭探看並沒有看到人影，可是一開步走，後面的腳步聲就又跟了上來。

他心想大概是自己走路時的回音，也就不予理會。當他快要走到比較亮一點的街上，這才發覺自己剛才一直刻意走暗路，現在卻等不及想趕緊沐浴在光亮之中，於是加快了腳步。就在這時，大腿驟然感到一陣刺痛。

這個季節不可能被蚊子叮。那個刺痛感一下就不見了，所以他繼續往前走，總算來到了通亮的大馬路上，這才鬆了一口氣。

這個時間自然每家店都打烊了。亮晃晃的鈴蘭造型路燈照著寂寥的招牌和櫥窗，喧囂的汽車飛速來往，這是一條隨處可見的街道。

羽仁男看到馬路對面的巷口擺著一座移動式燈箱招牌，燈箱上的白字寫著：

「住宿八百圓　休息三百圓」

他環顧一圈，確定周圍空無一人之後才穿越馬路，又一次左右張望，放心之後才鑽進巷子裡。

這家名為惠光館的小旅社是一家專供幽會的賓館，令人納悶的是為什麼在這樣的地方孤伶伶地座落著這樣一家旅店。

玄關的門燈昏昏暗暗的，貌似弱不禁風的飛蟲繞著圓形的門燈轉圈圈。羽仁男拉開玻璃門，連類似櫃臺的擺設也找不到，只看到牆上貼著一張紙「找不到人，請按此鈴」，而紙張下方有個泛黃龜裂的按鈴，於是他伸手摁了一下。

寂然無聲的屋裡只有鈴聲響起。片刻過後發出有人不慎踢落物品險些絆跤的聲響，緊接著嚷了聲「哎唷」，然後又咳了好一會兒，最後才出現一個矮小的老婆婆。

「來了。過夜嗎？」

一雙三白眼凶巴巴地朝上瞅著問。

「對，有空房嗎？」

羽仁男心想，空房一定多得很，不過禮貌上還是問了聲。

「豪華房都客滿了。景氣那麼差，就我們家生意特別好。我們沒裝冷氣，可是夏天的客人還是多得很。因為位置比較隱密，客人上門沒負擔，就和上當鋪是同一個道理。」

聽老婆婆這麼一說，第六感告訴羽仁男這裡是專營偷窺生意的賓館。如果堅持要一間「豪華房」，想必會被索價高達五千圓，然後被領去一個有小孔可以偷窺鄰房的房間。不得不佩服老婆婆的話術相當高明。她用「我們沒裝冷氣，可是夏天的客人還是多得很」這段話間接暗示這家賓館有提供特別服務，一切盡在不言中。

然而羽仁男只是面無表情地回答：

「不用了，不必給我豪華房。住一晚八百圓，對吧？」

老婆婆一聽當場垮臉，情緒變化的速度和猛力拉下的鐵門一樣快。她領著羽仁男來到二樓後面一個根本是儲藏室、僅有三張榻榻米大小的狹窄房間。她收下八百圓，扔下一句「棉被在櫥子裡，要睡覺的時候請自己鋪床」就逕自踏著嘎吱作響的樓梯下去了，連杯茶水都沒打算給。

早已精疲力竭的羽仁男本想告訴老婆婆現在就要睡了請她鋪床，又想到這麼一說只會換來那對三白眼的怒瞪，只得作罷。

來往車輛呼嘯而過的震動傳到這棟屋子，連這個狹窄的小房間也不停抖動。那是城市入夜後的浪濤聲。走廊對門發出女人的尖叫，在尖叫過後隨之而來的是如絲似縷的歎息，羽仁男也就不放在心上了。空氣中隱約飄著廁所的臭味。

想到天花板的另一邊是霧霾瀰漫的星空，羽仁男索性把頭枕在手臂上，望著印染大灘雨漬的天花板，感受著天神的布置巧思。無論是垂掛水晶燈的敞亮大會堂的天花板另一邊，抑或這種老鼠窩似的旅社的天花板另一邊，同樣有著浩瀚的星空。是悲慘孤獨，還是幸福成功，在這片星空之下一律平等。不管身在何方，只要翻身仰躺，映入眼中的都是同一片星空。即便是他這種沒有存在意義的人生，也因而得以直接上達這片星空。說不定羽仁男是到這家廉價旅社藏蹤匿跡的「小王子」。

他拖出透著涼意的潮濕被褥隨手攤放。疲累的他本想倒頭就睡，又覺得穿著衣服不好睡，伸手粗魯地脫掉長褲。大腿忽然傳來刺痛，像是有根小刺從長褲外面扎進腿裡。他找了找，沒能找到那根刺。借著燈光仔細觀察，總算看到有個黑點是殘留在皮膚裡的半截殘刺。沒有出血，只是隱隱作痛。

他想睡卻怎麼也睡不著。腦海浮現玲子的面孔。她兩眼緊緊盯著他，同時把手指探入「微觀蟻巢」裡面拈出兩三隻螞蟻甩到他臉上。這個畫面久久揮之不去。漸漸地，大腿的疼痛變得明顯，身體變熱了，整條腿既沉又燙，使他更睡不著了。

46

他一大早就離開惠光館，拖著那條痛腿尋找清晨開始營業的藥房。早早開門的藥房老闆一副愛答不理的態度，他也就沒出示傷口，直接買了軟膏和抗生素到附近的咖啡廳自己治療。擦完軟膏吃過藥以後，傷口似乎不再那麼疼了。

他盤算著不如學著上流社會人士住進大飯店裡，反而能夠躲開玲子的追蹤。他決定找個地方購買高級服飾和旅行提包。不過首先得等銀行開門才行。

——在K旅館安頓妥當以後已經接近中午了。

窗外是開闊的景觀，他躺在鬆鬆軟軟的雙人床上打算補眠。腿疼好一些了。他想在光線充足的地方重新塗藥，利用從窗戶射入的陽光檢視傷口。

這是個舒爽宜人的五月午後。高速公路的上方浮雲悠然自得，路面是火柴盒小汽車似的無數車輛肅然有序地行駛。所有的一切顯得明確而理性。如此想來，他覺得遭人跟蹤，可能只是在玲子的影響之下萌生的無謂妄想。

忽然間，一個記憶片段驀然甦醒，他頓時心頭一凜。

「玲子說她是從照片認得我的長相。我的正面照到底是從什麼地方、經由什麼途徑流到陌生人的手上呢？」

一個人會為莫名之事煩心，也就證明這個人不想死。假如這個人想死，就不會惴惴不安。拒絕非自願死亡與不想死，應該有所不同吧。

在安靜的光亮中，羽仁男仔細檢視自己裸露的大腿。他擦掉早上塗上去的軟膏，在光線下端詳那半截斷刺。

如此工整的形狀似乎不像一般的木刺。這種黑色不是木質物體的黑色，更像是鐵絲的碎片。昨晚只看到一個黑點，其實是紡錘形的柱狀物，而且扎得很深，難怪會化膿。

他思來想去，還是想不出到底是怎麼受傷的。是不是昨晚為了躲避逼近的腳步聲而靠向垃圾桶的時候被釘子刺傷的？不對，他記得是在走路的時候被刺到的。行走期間被尖刺扎進腿裡，實在說不通。他努力回想，印象中在刺中的那一刻好像聽到羽毛劃破空氣似的咻的一聲，但也可能只是錯覺。

想到這裡，羽仁男兀自發笑。

不過是一件小事卻令他耿耿於懷，這表示自己飽受焦慮的折磨。從前那個讓女吸血鬼天天吸血也無動於衷的他，怎會變得這般怯懦！

這麼說來，羽仁男已經許久不曾體驗過「一個人活著的每一個時刻都會覺得不安」的感受了。這是否代表他在不自覺間拾回了對「生命」的渴望呢？

「沒什麼大不了的。要是傷口惡化，去找醫師就好了。」

羽仁男如此告訴自己。他重新上了藥，吃了抗生素，終於沉沉睡去。

一覺醒來，已置身於黑暗之中。他餓了，又擔心被人發現而不敢下去餐廳吃飯。他不否認自己的確感到恐懼，然而當他意識到自己竟會畏怕人們的視線時，那股恐懼愈發鮮明，也更令他驚惶無措。他給自己壯膽：我不是害怕，而是根據自我意志決定在房裡用餐！有什麼好客氣的？老子多得是錢！

他使用客房服務叫了一客菲力牛排、華爾道夫沙拉，以及小瓶葡萄酒。當那名男服務生推著餐車進入客房時，羽仁男忍不住偷看他的面孔。

服務生長得很高，神情傲慢，臉上有拚命擠壓所造成的痘疤。沒有證據足以佐證他與某種組織絕無半點關係。每一個人都從屬於某種組織，目標是謀害那些形單影隻的孤獨者。

餐食十分可口，葡萄酒也很香醇，可是用電視節目度過這漫漫長夜的羽仁男依然遲遲無法入睡。都是那頓午覺作怪。節目播完了，灰色的映像管螢幕持續閃爍，畫面忽然出現一張分不清是琉璃子，是玲子，抑或是吸血鬼夫人的面容，那張臉彷彿要對他說話。然而螢幕裡的畫面從頭到尾都只像是一片閃閃發亮的沙漠罷了。

就這麼熬到凌晨兩點，他總算打了呵欠。

他決定把握這個得來不易的睏意趕緊上床睡覺，打算先去趟洗手間，這時候有人輕輕敲了房門。

羽仁男的第一個反應是「咦，顧客上門了嗎？」但轉念一想，買命的客戶不可能找上這個地方。首先，他早就沒再刊登報紙廣告了，況且沒有任何人知道他用化名投宿這家飯店。

那麼，會是誰呢？

門外的人再度敲了敲。這回比剛才響亮。

羽仁男鼓足勇氣，猛力拉開房門。

走廊上站著一個身穿風衣、頭戴紳士帽的男人。

「請問哪位？」

羽仁男問道。

「您是田中先生嗎？」

男人反問。聲音渾厚而富有磁性。

「不是，找錯人了。」

「是嗎？對不起。」

儘管嘴上致歉，但聲音不帶有情緒波動，聽不出一絲歉意。男人俐落地轉身離去。羽仁男目送他的背影離去，關上門，一顆心怦怦亂跳。

「從問話的口吻和離開的步態，可以看出絕非普通人物。他們終於找到我了。明天得換一家飯店了。」

羽仁男做好明日的打算，將門上鎖準備就寢，卻怎麼樣都無法睡著了。

幸好腿上的痛感已逐漸減緩，但他老是覺得剛才那個男人還在門外徘徊。在出售性命的時候什麼事都嚇不倒他，如今卻像懷裡抱了隻貓一起睡覺似地，一股毛茸茸而暖熱的恐懼豎起爪子，牢牢地箝著他的胸口。

47

翌日早晨，羽仁男匆匆退了房，拎著空無一物的提包躲到另一家大飯店的客房。他提不起勁上街，無所事事地看了一整天電視。缺乏運動的緣故，連胃口也很差。

夜愈來愈深，飯店也安靜下來，那股恐懼感隨之升高，繼而擴大。他很想逃出去，可是心裡明白在逃出去以後，那個輕微的腳步聲還會繼續跟上來。

對羽仁男來說，這樣的等待是暌違已久的感受。過去等客戶上門買命的那段日子，他是在浪費自己的時間與人生，根本沒有事情會讓他煩心；然而此時此刻，這種像在等女朋友似地等待動機不明的人物找上門的心情，令他首度體認到未來是多麼的沉重。

凌晨兩點，飯店的走廊彷似醫院裡通往太平間的長廊。他把門開了一小道縫窺看，確定門外沒人，只有那張擺在後側電梯前的紅色皮椅在微弱燈光下隱隱泛著光澤。

凌晨兩點半，還是有人來敲門了。羽仁男沒有應門。來人又敲了一次。

羽仁男掙扎許久，終究選擇了開門。

門外的男人不是昨晚那一個，現在這一個體型矮胖，穿的是條紋西裝。

「請問哪位？」

「您是上野先生嗎？」

「找錯人了。」

「真不好意思。」

男人很有禮貌地鞠了躬，從容地走向電梯。

羽仁男鎖上門回到床，心臟狂跳。

這時，大腿又開始輕微地疼痛。腦中靈光一閃。

「原來如此……混帳，總算想通了！」

他湊向電燈找到傷口，快速擦掉軟膏，先用手指摁了摁，再費勁地拗下腰將耳朵貼到傷口上。那截烏黑的殘刺發出若有似無的震動。原來有人將一臺微型無線電收發器射入他的大腿。難怪他逃到任何地方照樣被對方掌握行蹤。

他急著用指甲挑出來，可是那個東西嵌得很深，挑不出來。挑著挑著，他的理智也跟著清醒了些。

「是啊，何必趕著現在挑掉呢，反正敵人已經收到訊號知道我住在這裡，還來查證過了。等明天早上離開這家飯店以後挑出來，再找個藏身之處。挑掉以後得去一趟醫院才行。直接請醫師拿出這種玩意會被問東問西的，不如我自己弄掉再請醫師治療傷口，才能省去不必要的麻煩。」

他做好計畫以後，睡得一夜安穩。第二天早上，他覺得一般早餐附的普通餐刀比較鈍，還特地叫了鮮少在早餐時段點用的牛排，劃了火柴將那把鋒利的切肉刀用火焰消毒以後抵在大腿上。

刀子猛力一戳再往上一撬，隨即在冒出的鮮血當中勾出了一截細細的鐵絲。

48

醫師看著羽仁男的傷口，皺起了眉頭。這是一位有著高冷的鼻梁、充滿自信的年輕外科醫師。

「到底是怎麼弄傷的？看起來像是用刀剜出來的傷口。假如是打架受傷的，我必須報警。」

「沒錯，是用刀子剜的，是我自己動手的。」

「為什麼要這麼做？」

「因為扎進肉裡的是一根生銹的舊釘子，我擔心萬一感染破傷風就糟糕了。」

「你們這些不懂醫學的人有時候就是想太多。」

醫師不再過問，進行縫合手術的準備，給羽仁男施打局部麻醉。注射針頭刺進去的時候非常痛，不過羽仁男一想到自己此刻在這家小診所裡的行蹤沒有被「他們」發現，感覺十分安心。潔白的牆壁、整齊擺放著手術刀的櫃子以及盛裝消毒液的不鏽鋼盆，舉目所見，沒有任何事物能帶來溫馨的撫慰，但是他感受到，再也沒有比「那些人不知道他正在哪裡」這件事更能讓他身心放鬆的了。

羽仁男閉上眼睛。痛感消失了，感覺好像醫師在縫著的是此刻穿在他腿上的這條硬邦邦的貼身皮褲。

——醫師指示羽仁男一星期後回來拆線。一踏出診所，他心想應該不會再來第二次了。拆線這種小事，隨便找家外科診所都可以處理。

陽光格外耀眼。羽仁男最近養成一個習慣，走路時靠在屋簷底下走，並且隨時留意是否有人尾隨在後，尤其在轉彎的時候更是特別當心。

再轉移陣地吧。

最保險的做法是逃離東京。至於這麼做的動機，他再也沒必要自我欺瞞，就是因為「害怕死亡」。

49

最安全的藏匿策略就是，連自己都不曉得接下來要去哪裡。

他拖著那條麻醉藥效消退後開始疼痛的腿去了池袋，在S百貨公司裡逛過一個又一個專櫃。夏季男士服裝與襯衫，以及冰箱、竹簾、團扇、冷氣機，所有的商品為的都是迎接即將到來的夏天，而並不理睬目前這個連梅雨季都還沒進入的季節。無數的商品都在向將要帶走它們的小家庭和小家族如此暗示。想到這裡，他感到快要窒息。人們為什麼那麼渴望活下去？一個從未面臨死亡危機的人卻渴望活下去，會產生這種情感不是很不合邏輯嗎？按理來說，應該只有像他這樣的人渴望活下去，才不會讓人心生納悶吧。

他搭上西武線，愣神地望著郊外的原野風光，漫無目的。他感覺車上的乘客全都認識羽仁男這個人卻又裝作不認識，不禁背脊發涼。包括拉著吊環的那個像是全學連成員的大學生，以及在大學生旁邊的那名宛如日本傳統美女的制服女學生，還有那個體格稜角分明而貌似退役下士的中年男子，這些人時不時瞟向羽仁男的目光，都像是站在派出所前看著正在偵辦中的殺人通緝犯照片的眼神。

「那個通緝犯在這裡！我先假裝不知道，等下一站下車就去通報站務員。」

他們彷彿看見羽仁男的臉上寫著「社會公敵」這幾個字。

五月溫熱的空氣混合著車廂裡人們的體味，讓羽仁男記起了久違的那股名為「社會生活」的惡臭。他的確想活下去。可是，一度逃離那個社會的人，果真有勇氣再度回到那股嗆鼻的惡臭裡嗎？這個社會之所以能夠順利運轉，完全是因為沒有人發現自己身上的氣味。大學生穿著一星期沒洗的臭襪氣味、女學生甜美的腋下氣味及其獨特且帶有明確厭世感的「處女氣味」，還有中年男子像是髒兮兮的煙囪似的氣味……為什麼每一個人都這麼不客氣地散發著自己的氣味呢？羽仁男試著將自己想像為一個沒有任何氣味的人，卻沒什麼把握辦得到。

他買的車票可以搭到終點站飯能，能夠讓他率性地在中途的任何一站下車，可是他忽然擔憂可能被尾隨，忖計著若在某一站假裝急著下車，說不定有人也會匆匆忙忙地跟著下車。於是他趁著即將發車的時刻跑向車門。

他在最後一刻煞住衝勢沒有下車。一個蓄著狐狸般鬍鬚的瘦弱男士神色慌張地想跟著一起下車，卻由於羽仁男到了門前突然立定，導致瘦弱男士被擋住而來不及出去，車門就這麼硬生生地在他面前關上。男士直到搭到下一站的期間始終氣呼呼地瞪著羽仁男，令他難以招架。不過像這樣表明敵意的瞪視，羽仁男反而能夠從容應對。

在飯能下車後，一起下車的乘客各自去往不同的方向。羽仁男放下心，來到了空曠的站前廣場。他看到一幅健行路線的大型地圖，不過他已經太累了，不想再走路。

車站前方有家寒酸的旅社。羽仁男一出現在玄關前，旅社老闆見他派頭十足的穿著，趕緊招呼他進門。

在二樓的客房裡，羽仁男打開壁龕旁的圓窗望著天空直到向晚時分。飯能是一個平淡無味、沒有詩意的城鎮。天空靜靜地褪去藍色，漸漸變成黃昏。這時候，他注意到一隻蜘蛛從屋簷垂了下來。

那隻蜘蛛靠著一根映著餘暉的細絲，來到了羽仁男的眼前。

那是一隻小蜘蛛，小得像黑色的毛屑團，連輪廓都不分明。在那根細如魚線的蜘蛛絲末端懸著蜘蛛。羽仁男就是故意不去看牠，牠還是會出現在羽仁男的視線裡。不久，蜘蛛彷彿在告訴他「我要表演特技了」似地繃緊蜘蛛絲，像鐘擺一般使勁地擺盪身軀。

「別耍花招了！」

不明所以的羽仁男在心中說。漸漸地，鐘擺的振幅愈來愈大，蜘蛛看起來也愈來愈大。正當他覺得蜘蛛的形狀不一樣了，剎時，牠的身軀變成鋒利的斧頭，蜘蛛絲也變成銀色光澤的粗繩。斧頭的刀刃白光一閃，破風而來，砍向羽仁男的臉。

羽仁男掩住臉，往後倒在榻榻米上。等他回過神來，圓窗上的那隻蜘蛛已經不見了，只有一彎新月散發著幽微的光暈，掛在圓窗的正中央。或許他把新月誤以為是形狀相近的斧頭刀刃。

「不會是我頭袋不正常了吧？」

腦海剛閃過這個念頭就聯想到玲子的病，羽仁男忍不住打起哆嗦。

50

然而，之後並沒有發生任何異狀。

羽仁男出門散步以便熟悉住處的周邊環境。街上沒什麼值得駐足賞覽的景物。開在規劃工整的寬廣路面的浴盆工坊與傳統零嘴小賣鋪，探向道路的深長屋簷，一棟接一棟外觀乏善可陳、四周架設木柵欄的住宅，感覺這個城鎮住的都是些有氣無力的人，不過這樣反倒讓他覺得自在。

一天傍晚，他在僻靜的地方散步。就在他正要走向像馬鞍的形狀那樣隆起的一處小平交道時，一輛卡車突然越過平交道駛向他。

開上平交道的卡車看起來非常龐大，威脅性十足，頓時令羽仁男心生敬畏。在塵埃密布的向晚天空映襯下，有那麼一瞬間卡車像極了蠻族的巨大頭盔。

卡車碾過鐵軌時彈了一下，旋即對著站在空曠馬路上的羽仁男衝了過來，羽仁男像要閃避撲面而來的噩夢似地跳向旁邊。他逃到道路的對向，卡車也跟著開過來。附近沒有商店能讓他躲進去求救，有的只是望不盡的冷冰冰的樹籬和木板陋牆。他往左躲卡車就駛向左，他朝右逃卡車就開往右，緊追在後的卡車簡直在玩狩獵人類的遊戲。擋風玻璃彷彿貼上了整片晚霞，映著幾朵雲彩，因而無法看到司機的面孔。

羽仁男連看一眼車牌號碼的時間都沒有，只能趕緊鑽進小巷子裡，以為卡車開不進來了，不料卡車竟然減速，緩慢地跟著進來。

羽仁男的後背已經貼在一扇牢牢閉闔的石柱老門上了。卡車終究逼到了眼前。下一秒，卡車突然切換到倒車檔，猶如黑魆魆的怒濤乍然退潮一般，循著來時的小巷退了出去。

猛烈的心跳久久無法平復，羽仁男腿軟，靠門溜了下去。和吸血鬼夫人散步時貧血昏倒的那一次，是一種無法形容的神清氣爽的失落感，可是剛剛的經歷，卻是他這輩子從來沒有感受過的恐懼。

51

羽仁男不打算回旅社吃那份難以下嚥的晚餐。飯能這地方已經住不安穩了。

望著那輛卡車駛向遠方以後，羽仁男覺得折回明亮的商店街比較安全，於是來到煙塵瀰漫但又整然有序的街頭。可是那裡忽然變得人流如織，這讓他覺得更加危險。

說得好聽是商店街，其實只是一條開著幾家無人光顧的老舊店家的郊區街道。待售的運動鞋雜亂地堆在積著一層灰的櫥窗裡。那些鞋子像是從收容所大批死者腳上搜刮下來的遺物似地層層堆疊，有的是橡膠鞋底那面擠到玻璃上，有的鞋帶邋裡邋遢地垂落下來，有的則被壓在底下。

不過，整排街燈都是亮著的，照明充足的蔬果店和魚鋪子前面人山人海。

蜜蜂似的嗡嗡聲傳入羽仁男耳裡，惹人思念。那種聲音既有音樂般的溫暖，也蘊含著不可言喻的鄉愁。

聲音來自一家規模不大的木工坊，從虛掩的門隙間可以看到淺色的木屑，以及散發金屬光澤的圓鋸機。木門上寫著「盒子、書箱，現場客製各種木器」。

羽仁男記下這家店，繼續往前走，發現一家鐘錶行。這裡也是一家老派的店，像是時間停滯在以前的某一個時代，使得羽仁男得以輕鬆地踏進店裡。

「我要買錶。」

「您好。這裡是鐘錶行，別的沒有，錶倒是多得很。您想找什麼樣的錶？」

一個面孔蒼白浮腫的老闆娘出來接待，問了他的需求。

「我要馬錶，聲音愈大愈好。」

「這個嘛，我得找一找……」

羽仁男在這裡買到了一支廠牌名不見經傳的馬錶，款式老舊，簡直像在明治時代運動會上使用的。摁下計時按鈕，秒針就會忠實地發出一聲聲叮嚀。

他帶著那只馬錶回到早前路過的那家木工坊。

「不好意思，請問訂做木盒的話，可以當場完成嗎？」

「我現在有空，馬上可以做好。」

一位身材精瘦、年近半百的店主渾身散發著工匠的風範，頭也不回地答道。

「我想要一個用來裝這只馬錶的盒子，是急件。」
「唔，這個啊？要裝在木盒裡送人？鐘錶行應該買得到吧。」
「不是那種，我要的盒子比較特別，必須看起來不像錶盒，做工不要太細，尺寸大一點，包括錶盤在內統統遮住。」
「這樣還能用來計時嗎？」
「請不必多問，按照我說的去做就好。只有計時按鈕從洞口露出來，其他部位完全密閉在盒裡，盒子表面噴上黑漆。」
「看不到錶沒關係吧？」
「沒關係，聽得到聲音就可以。」
羽仁男很有耐心地冷靜說明。
馬錶被固定在簡陋的木盒裡，只有計時按鈕從小洞露出來，緊接著木盒粗糙的紋理被無情地覆上了黑漆。雖然從外觀上看不出是什麼東西，但是只要摁下計時按鈕，就會發出清晰的滴答聲。
「好極了！這下我也有自衛武器了！」

羽仁男在心中告訴自己。

——這玩意塞進外衣口袋裡會鼓出一塊，但是羽仁男依然貼身攜帶。只要身上帶著它，就覺得比較安心。一摁下計時按鈕，口袋裡的馬錶就會發出令人無法忽視的秒針移動聲響。

「我都已經那麼謹慎地來到這個平凡的鄉下地方還是被找到了，那麼就算躲到深山老林，也照樣會被他們盯上。」

羽仁男誓言與敵人決一死戰。

儘管心中的恐懼尚未消失，他仍度過了一段平安的日子。

每天早上睜開眼睛發現自己還活著就是奇蹟。上回看到蜘蛛的幻覺沒再出現過，讓他放心不少。

飯能車站前方經常看到健行客，不過外國來的健行客可就少之又少了。

一天，羽仁男去車站買菸，一個年近五旬的銀髮外國人很有禮貌地摘下帽子向羽仁男問路。這位男士氣度大方，頭上戴著綠色的巴伐利亞帽，底下是格紋的過膝燈籠褲。

「不好意思，請教您羅漢山怎麼走？」

「哦，您要去羅漢山嗎？請先走到中小企業協會，右轉之後到警察局那邊再左轉，繼續走到公會堂，就在公會堂的後面。」

現在的羽仁男幾乎成了當地居民，指路毫無困難。

「原來如此，謝謝您。實在不好意思，方便的話，請您帶我到那附近，或者至少帶到我認得路的地方。沒辦法，我是路痴。拜託您幫幫忙。」

羽仁男反正也沒別的事，心想為這位高尚的紳士帶個路也不是什麼難事。

外國人抬頭望著天空說道：

「元氣真好啊！」

「您想說的應該是『天氣真好』吧？」

心情輕鬆的羽仁男甚至熱心地糾正了對方的語病。

中小企業協會旁邊有一處遮蔭，底下停著兩三輛車。其中有一輛是黑色進口車，擦得亮晶晶的，相當氣派。

「真是一輛好車啊。」

外國人沿著車身走了幾步，彷彿要伸手觸摸那輛車的樣子，順勢伸手打開了車門。這一幕令羽仁男懷疑自己的眼睛。

「請上車！」

外國人壓低嗓門命令羽仁男。不知何時，他手裡已經多了一把槍。

52

羽仁男雙手被銬住，再被戴上墨鏡，然後車子駛離了本地。

那是一副時尚帥氣的墨鏡，兩側也個別嵌入三角形的小鏡片，得以透過遮光玻璃看到左右兩邊的景物，不過，這並不表示能夠確保視野。因為乍看之下是墨鏡，其實鏡片背面塗了水銀，所以羽仁男相當於被蒙上了眼睛。這麼做的用意應該是不想讓他知道目的地。

車子是由那位頭戴巴伐利亞帽的英國人駕駛，但是車內不是只有他和羽仁男兩個人。羽仁男一被推進後座立刻有個男人從座椅一骨碌直起身子幫他戴上墨鏡，旋即坐在旁邊持槍抵住他的側腰，以致於羽仁男連看一眼這個人的長相都來不及。

車子疾馳，三個人誰也沒有作聲。羽仁男試圖思考自己會在什麼地方遇害，可是車用收音機播放的一首首輕快的爵士樂干擾著他的思緒。

沒什麼好怨天尤人的。自己在刊登那則「性命出售」的廣告時，就已經選擇了死於非命的結局。這種目空一切的想法如同胃酸灼燒著他的胸膛。他驚訝地發現，逃亡期間日夜折磨著他的死亡恐懼在這一瞬間全都拋到腦後了。

之前為什麼會對死亡如此恐懼呢？在遭到死神追緝的那段時間，即使刻意視若無睹，恐懼依然會出現在眼前，猶如一座兀立於地平線上的巨大煙囪，外觀焦黑，用途不明，令人無法視而不見。可是現在那座煙囪卻在眨眼間憑空消失了。

受傷的大腿在飯能的一家外科醫院拆完線後已經不再痛了，但是那道傷疤依然保留了那段可怕的記憶。對人類而言，最可怕的就屬不確定性了，一旦想清楚「原來是這麼回事」，也就不會那麼害怕了。

坐在旁邊的那個男人神經質地反覆觸摸羽仁男的手，大概是在檢查手銬有沒鬆脫。羽仁男感覺到對方那隻手是毛茸茸的，像是外國人的手，而且有一種混合了非菜和瓦斯的甜膩體味從衣服裡散發出來，這使羽仁男更加肯定他是個外國人。

一開始羽仁男還很冷靜地數算車子左轉幾次、開多久不再是柏油路、穿越過幾個平交道，可是數著數著發覺是白費力氣。若是車程不遠，還能估計出抵達位置；可是車子整整開了兩個多小時，途中經過不少柏油路，由此可見他們的計畫應該不是把他載到深山射殺之後推落谷底，而有可能正在前往東京。

開了好久，車子駛上一條坑坑巴巴的道路，車體隨之劇烈搖晃，並且正在爬上陡坡。羽仁男可以感覺到起風了，天色也暗了下來。

當車子終於停下的時候，羽仁男心中反而升起不祥的預感，感覺恐怕還要熬上好一段時間才會遇害。他被帶下車，踏著石子路前進，明白自己進入了洋房。他是憑藉腳底踩著地毯的觸感研判這是一幢洋房。

53

……羽仁男目前的所在位置是地下室。空蕩蕩又冷冰冰的水泥地上擺了幾張椅子和簡陋的桌子。他坐在其中一張椅子上，兩隻手被綁在身前，墨鏡已被拿開了。

連同剛才同車的那兩個男人在內，地下室總共有六個男人。他認得其中四人。三個是以前用篦齒絨毛金龜進行藥物試驗的外國人，年約五十的亨利今天沒牽著那隻臘腸狗。另一個是第三國人，也就是羽仁男絕不會忘記的那個頭戴貝雷帽的肥胖中年男士——包養琉璃子的情夫。他和那個時候一樣，腋下夾著偌大的素描本。

這個戴著貝雷帽、樣貌滑稽的中年男士請羽仁男抽菸，還親切地幫他點火，然後在他身旁坐了下來。其他或站或坐的五個男人，視線全部集中在羽仁男身上。開車載他來的那兩個則將槍口瞄準羽仁男，準備隨時開槍。

「好的，現在開始訊問。」

第三國人說話的語氣既難纏又溫暖，在這個空間裡折射出宏亮的回音。

「首先，你最好先承認自己是警方派來的。」

這句話宛如晴天霹靂，把羽仁男嚇得不輕。

「為什麼認為我是警方派來的」

「儘管狡辯吧。反正等你全部聽完以後，就不得不親口承認了。

聽好了，讓你承認真實身分，最快的方式就是告訴你為什麼一直放任你在外面逍遙而遲遲沒把你幹掉。這個理由我現在就說給你聽。我向來喜歡用講道理的和平手段，至於殺人嘛，交給別人動手去吧。

第一次在報上看到你刊登『性命出售』的廣告時我就嗅出不對勁，於是派遣手下的那個老頭去會一會你。

現在就讓你們見面，他也很想見你。好了，快過來！」

第三國人拍了手，鼓掌聲猶如雷鳴。

從羽仁男剛才被帶進來的那道門的正對面有另一道門，那位老先生從那裡走了出來。大老遠地就傳來那個嘶嘶聲。他眨著眼睛，以眼神向羽仁男打招呼。

「實在過意不去——」

聽到老先生致歉，那個中年的第三國人立即打斷：

「不相關的事就別提了。我很期待今晚畫下羽仁男先生的死去過程，特地把素描本帶來了。為了速寫各式各樣的姿勢，麻煩你死前盡量擺出各種掙扎扭動的不同姿勢。

說到這裡，你對這件事有初步的輪廓了吧？

至於為什麼會留意那則廣告，是因為我曉得警方正在暗中調查我們的組織，只是一直無法查出確切事證。所以警方自然而然動起腦筋，利用你這個不要命的情報員刊登那則詭異的廣告，這樣一定可以挖出我們的祕密。就是因為如此，那則廣告才會引起我的注意。

接下來是安排你和琉璃子見面。琉璃子知道太多內幕了，再這樣下去難保她會把ＡＣＳ的事情洩漏出去，所以本來就準備對她下手了。後來決定在殺她之前先讓她和你見面，然後再動手。因為我們早就料定她死了以後你一定會馬上向警方彙報這件事。

出乎意外的是，你真聰明！太聰明了！沒想到你做事簡直滴水不漏。根據計畫，在你逃過死劫離開琉璃子的華廈之後，我們就能掌握到你取得情報的管道，以及向警方彙報的方法。當然了，我也利用這個機會拍下了你的正面照。

這冊素描本具有照相功能。你瞧！」

第三國人將素描本的封面轉向羽仁男。印在封面上的SKETCH BOOK的兩個字母O俏皮地設計成一雙眼睛。一隻睜眼，另一隻眨眼，而睜眼的那邊裝了鏡頭。聽完以後羽仁男才發現素描本的封面確實特別厚。

「可是你卻裝作不是警方的情報員，完全沒和警方聯絡。

當你和老鼠布偶一起吃晚餐的時候，我們研判這個舉動並不單純，可惜事後在老鼠布偶裡面沒能找到無線電收發器。

你實在太聰明了，我們用盡辦法都無法逮到你的狐狸尾巴，真是棘手的對象。於是我派出了第二個女人，也是組織的成員。我指示她把你引來讓你從實招來，可是那個老小姐好像愛上你了，寧願替你送死。

處理屍體是個頭疼的問題，若是輕生就比較好辦。因此我和這位亨利先生商量後讓你再次躲過一死，繼續在外面逍遙一陣子。

我們早晚都得殺了你，但如果拿你當誘餌，應該可以多揪出幾個警方派出的臥底。不過你很聰明，一直沒有露出馬腳。

後來你和那個女吸血鬼在一起了。直到這時，我們才覺得說不定你真是個不想活了的怪人，過去是我們杞人憂天了。我們感覺自己白忙一場，暗自祈禱你能早點被那個女吸血鬼吸光血液，死在她懷裡。這個結局可說是兩全其美。

可是，事情沒有我們想像中那麼簡單。

原來那是你不惜賭上性命的瞞天過海之計。你確實是一位優秀的間諜。

接下來你又做了哪些事，全都在我們的監控之下。你用了心機，假裝自己腦部貧血住院，住在醫院裡面趁我們疏於防範之際重操舊業。」

「不不不，那只是……」

羽仁男急著解釋。

「不必辯解了，我們ＡＣＳ與Ｂ國一直保持聯繫。自從發生那起**紅蘿蔔**密碼案之後，Ｂ國就把你的名字列入日本警方間諜的名單裡了。

你百密一疏，在那件案子裡展現專業知識，也因此露餡，完全暴露了你的真實身分。你這個蠢蛋啊！」

第三國人臉上笑得和藹，手中的鉛筆卻猛地朝前突刺，尖銳的筆芯幾乎要刺中羽仁男的喉嚨。

「之後，為了掌握你們那邊的行動，我們認為最妥當的方法是趁早把你抓起來逼供再宰掉。

沒想到我們太大意了，一時鬆懈，從此失去了你的行蹤，頓時陣腳大亂。我沒說笑，是真的慌了手腳。若不能快點把你抓回來，我們組織可就危險了。我真的急了。

幸好我有你的檔案照片，立刻大量加洗。反正你一定會常常在新宿一帶的根據地活動，所以我把你的照片發給我們組織底層那些賣ＬＳＤ的人，要他們睜大眼睛多留意。

這些賣藥的拿著照片向一個個瘋癲族打聽有沒有看過這個人，『照片裡的人是在報上刊登『性命出售』廣告的怪人，認識嗎？』可是誰也沒看過你。你很謹慎，雖然和很多女人上過床，但那些女人都不知道你目前的行蹤。你甚至搬離了那棟公寓。

東京人口多達一千萬，人海茫茫，讓我們上哪裡找人呢。

一個握有ＡＣＳ祕密的男人，像隻跳蚤躲進這麼一座大都市，我們實在束手無策。

可是羽仁男先生，老天有眼，感謝蒼天眷顧。

老天爺喜歡人們組成祕密組織，時常出手相助。

我們ＡＣＳ源自紅幫[24]，所以紅幫神尊這次也助了一臂之力，那就是鴻鈞老祖[25]，聽過嗎？

長毛賊作亂之際，在前往淮揚討伐的曾國藩部隊當中有個林姓軍官。無奈此人不善作戰，率領數千士兵卻屢戰屢敗。曾國藩一怒之下將其處以斬刑。

獲知死罪的林姓軍官夥同十八名部下逃亡，馬不停蹄一路逃，拚命地逃，死命地逃，就這樣逃到某天深夜來到一座古廟，便在那裡借住一宿。沒多久就聽到廟外傳來一大群人擁上前來的吵吵嚷嚷。他們暗叫大事不妙，紛紛抄起武器預備一搏，結果發現來者並非追兵而是附近的村民。

那些村民告訴他們：『剛剛村裡頭發出好大的聲音，到屋外一瞧，有條好大的火龍在空中翻騰，通體紅光，把四周照得跟白天一樣亮，最後跌落到這座廟裡。我們猜一定是有貴人投宿，趕緊來廟裡看看。』

林姓軍官這才放下心來問了村名，頓時震驚不已。因為這地方是窮鄉僻壤，與他逃脫的軍營相距六、七百里之遙。他們才跑了幾個小時，竟然到了那麼遠的地方。他心想，這應該是冥冥之中得到神助。抬頭一看，匾額上寫著『鴻鈞廟』。如此說來，必定是這位鴻鈞老祖救了他們，於是隔天趕緊張羅了香燭紙帛、三牲及水酒酬神。

此後他們成為義賊，劫富濟貧。這便是紅幫的起源。話題扯遠了。總之就是這個原因，所以我也向神明祈求庇佑。沒想到才剛求完，果真讓這個老頭在公園碰見你了。天助我也！這下子我們又可以繼續跟蹤你了。」

「正是如此。」

穿著得體一如既往的那位老先生禮貌地欠了身，滿臉愧疚地看著羽仁男。

「好的，我終於明白整件事的全貌了，但是我和警方沒有任何關係。你們認定

24 創立於中國明末清初時的幫會，倡導民族革命、反清復明的民間祕密組織，亦稱「洪幫」、「洪門」。以下相關段落均依原文譯出，未必完全符合史實。

25 或為作者有意使用近似於相傳為道教眾仙之祖的「鴻鈞老祖」名諱。

世上每個人全都隸屬於不同的組織，這種想法太迷信了。我沒聽過你說的什麼紅幫，總之這種迷信必須破除才行。這個世界也存在著不屬於任何組織的自由人，這些人活得自由，死得也自由。」

「你就趁著還能張口說話的時候盡量說個夠吧。沒想到日本警方的間諜能夠講出一番道理，顯然日本的警察教育辦得相當不錯。

不過，我的話還沒說完。

你把射進大腿的無線電收發器拿掉以後再度逃走，這下我們又得到處找人了。你逃跑的技巧還真高明。好大的口氣說什麼出售性命，我可沒見過哪個男人像你那麼怕死的。不過，再會逃也只能逃到今晚為止了。

你可知道，在你逃到飯能之後，我們是如何查到你行蹤的？

我們組織旗下有一家旅行社，專責蒐集日本全國各地旅館的資訊。我們幫旅館介紹顧客，相對地也從旅館那裡得到房客的資料。由於這家旅行社服務熱忱周到，名聲響亮，旅館對我們很滿意，所以只要有可疑的長期房客就會馬上通知我們。

我們仔細調查各地的旅館。凡是單獨投宿、和你年紀相仿的長期房客，每一個都查過了。
調查範圍逐漸縮小，根據線索推測，住在飯能車站前面那家旅社的房客應該就是你，果然沒錯。也算是我們運氣好，只要抓到一個像你這樣的間諜逼你供出情資之後殺掉，所有參與行動的成員都可以領到組織的獎金，因此大家無不卯足全力。在場的這幾位外國人一個個都是惜財如命。
現在正式問你，像你這樣被警方指派調查ACS的情報員有多少人？這些人在什麼地方？行動計畫內容是什麼？透過什麼管道聯絡？」
羽仁男想起塞在口袋裡的黑漆木盒，將自己僅存的一線生機託付於那位老先生的滿臉愧疚上。

54

「原來如此……這下我全都明白了。」羽仁男兀自點頭。「所以，接下來要對我嚴刑拷打了吧。」

「沒錯。我會在這段時間內仔細素描，然後連同之前你和琉璃子上床時的作品一起舉辦個展，邀請同好前來欣賞。相信那將會是一場藝術性極高、會場氛圍極佳的個展。因為一個人的出生、相愛、死亡，是天經地義的。」

「我倒想問問，要是在你逼供之前，我先自殺了呢？」

「你打算咬舌自盡？」

「哎，黃泉路上總得有你們作伴，人多才熱鬧嘛！」

羽仁男將被綁住的手探進外衣口袋抓住那只黑漆木盒，摁下計時按鈕，隨即響起了滴答滴答的聲音，十分清晰。

「聽到倒數計時的聲音了吧？」

「那是什麼？」

那幾個外國人發現苗頭不對，從椅子上彈起來。

「別想對我開槍。在子彈射中我的剎那我就會摁下這顆引爆開關，屆時包括我在內的現場每一個人統統都會被炸得粉身碎骨。」

「你不要這條命了？」

「你忘了？我可是刊登『性命出售』廣告的人，怎麼可以拿我和那些沒用的情報員相比呢？

我已經設好定時炸彈，將在八分鐘之後引爆，但只要摁下按鈕就會立刻爆炸。區區這個小房間，一眨眼就炸飛了。」

大家心生畏懼，紛紛退了一兩步。

「眼見為憑，拿出來給各位瞧瞧吧？」

羽仁男掏出那一只外觀顏色是不吉利的黑色木盒。這是一場豪賭。木盒裡持續滴答滴答響，羽仁男就靠這個規律的聲響來保住這條命了。

「慢著！你當真沒打算活下去了嗎？」

「這句話太可笑了。橫豎會被你們刑求殺害，還不是死路一條。」

「不……不不不，先別急，有個辦法可以活下去！」

「什麼辦法？快說！只剩七分鐘了！」

「我可以讓你加入我們組織。酬金可以商量，會盡量多給。只要你不把這些祕密說出去，地位、奢侈品、女人，應有盡有，要什麼有什麼。羽仁男先生……」

「別喊我的名字！
我一點都不想加入你們那種齷齪的組織！我也不是什麼正經人，所以不會譴責你們做的事，不管是殺人還是走私黃金、毒品或槍械，統統不關我的事，我唯一要做的就是破除你們的迷信！你們一看到人就認定對方屬於某個組織，事實上不是每個人都是那樣的。我承認，當然也有一些這樣的人。可是你們必須明白，這世間確實有既不屬於任何組織也不畏懼死亡的人。是的，這樣的人是極少數，但再怎麼少也絕不會一個都沒有。

我不怕死，我的性命是商品，客戶要殺要剮悉聽尊便，可是我絕對無法接受在非自願的狀態下遭到殺害，所以我打算自殺，並且帶你們一道上路。還剩五分鐘。」

「等等，你的命我買下了，這總行了吧？」

「假如我不賣呢？」

羽仁男的視線在那位老先生臉上停留片刻，隨即高高舉起黑漆木盒。

老先生果然心領神會，立刻採取行動。只見他奔向房門用力推開，大聲叫喊：

「大家快逃啊！我們把這個男人一個人關在這裡等死，免得遭到池魚之殃！

快點，先逃再說！管他要不要等著被炸成碎片都與我們無關，再不快逃就來不及啦……」

「還剩四分鐘。」

羽仁男說完，神色自若地坐回椅子，把黑漆木盒放到手旁的桌子上，同時不忘演戲演到底，仍然將一隻手擱在木盒上面。

「你們全部跑出去以後，我還不會立刻摁下這顆按鈕。我會按照原訂時間繼續等上四分鐘，讓炸彈在設定的時間把我炸死。我要利用這四分鐘的時間獨自回想自己的人生。建議各位跑得愈遠愈好，免得受傷。不過我倒是懷疑，短短的三、四分鐘究竟能跑多遠。」

其中一人踏出的腳步沒踩穩險些摔倒在地的動靜，恰巧成為起跑鳴槍的信號。一群人唯恐落後地爭相衝出了老先生打開的房門。

羽仁男目送他們逃出門外，不疾不徐地起身關門，走向另一扇門，試了一下確定門沒鎖，將門拉出一道恰可容身通過的縫隙擠了出去，接著就是全速奔上樓梯，拚盡全力地往前跑。

55

他很篤定那群人還不至於肆無忌憚地從背後對他瘋狂掃射。

他由對角線穿過庭院的樹叢，腳一蹬就翻過圍牆，拚命邊跑邊滑地爬下山崖。

在下山的過程中，一盞盞燈火聚集而成的許多光團一再掠過他的眼角。黑暗雖已籠罩下來，仍能辨識出山崖下方有座城市。這幢洋房並不是無依無靠地建在深山之中。

渾身是傷的他在街頭狂奔，嘶喊求救：

「救命啊！派出所在哪裡？」

他兩隻手被綑在一起，跑起路來跌跌撞撞的，那些差點被他撞上的路人接連往旁閃躲，臉上的表情卻都一樣冷漠。跑了好久總算有個聲音告訴他：

「前面右轉就是派出所了。」

大氣直喘的羽仁男撲倒在派出所的地面，喘得連一句話都說不出來。中年警員雖是嚇了一跳，仍以從容不迫的態度問他：

「你從哪裡來的？咦，手被綁住嘍？欸，身上有傷呢。」

「這裡是……什麼地方？」

「青梅市呀。」

警員給了答覆，卻沒有停下手邊的工作。

「請……請給我一杯水……」

「哦，要喝水啊，你等等。」

警員繼續忙著翻帳簿。等了好半晌，他總算放下手裡的舊鋼筆，一絲不苟地套上筆蓋，站起來瞟了一眼羽仁男，走去倒水，看起來並不打算幫他鬆綁。

羽仁男雙手捧著那杯倒映著燈光的水，一口氣喝到見底。他感覺這是世上最香甜的甘泉了。

警員頻頻打量著羽仁男被綁住的那雙手。臉上的神情似乎是不確定幫他解開繩子後他會做出什麼事，所以暫時靜觀其變。羽仁男此時的狀態還不至於歇斯底里，他基於理性，放棄拜託警員幫他鬆綁的念頭，打算日後再對這名警員的冰冷無情提出申訴。

羽仁男剛做好盤算，那名警員隨即有模有樣地為他解開繩索。羽仁男忽然覺得自己多慮了。

「到底發生什麼事了？」

警員的語氣像在責問夜深遲歸的自家兒子。

「我差點被人殺了。」

「這樣啊，差點被人殺了，差點被人殺了……」

警員不耐煩地摘下鋼筆筆蓋，從抽屜裡取出草紙，寫起報案紀錄，動作慢得嚇人。

問完話之後，羽仁男覺得警員對他的陳述沒有一絲激動，心裡很不服氣，直到聽見警員拿起電話向總局報告，這才放心下來。剛才在山崖滑落的過程受到磕碰的小腿開始劇烈疼痛。他伸手探進長褲裡，摸到了黏附在傷處上的稠膠血塊。

等了很久仍未等到總局派來接他的人。在等待的時間裡，這名警員請了茶又請了菸，並不在意羽仁男說了些什麼，倒是一股腦地談著自家兒子的事。

「我兒子就讀N大。哎，感謝老天爺，他沒參加全學連，可是他根本不用功，天天把朋友叫來家裡打麻將，讓人頭疼死了。我太太訓他，『與其成天混吃等死，倒不如戴上頭盔拿起棍子和同學一起去抗爭！』我兒子聽了居然一臉不在乎地恐嚇他媽媽，『哦，好啊，真的可以去吧？既然媽媽這麼說了，從明天起我就去抗爭。』我太太被嚇得不敢再多說了。我兒子現在根本爬到我們做爸媽的頭頂上嘍。只是話說回來，我們做父母的總算把孩子送進大學，完成職責，可以鬆一口氣了。」

終於，一輛慢悠悠的自行車車燈由遠而近，一名年輕警員來接他了。

「就是他。」

派出所的警員僅僅簡要介紹一句。

「喔，我帶走啦。」

年輕警員的用詞並不客氣。

牽著自行車的年輕警員根本不在意羽仁男的安危，以致於在穿過商店街的時候，羽仁男還必須自己提防有人會趁著夜色偷襲。當代搖滾樂團喧囂噪雜的樂音從唱片行流洩而出。羽仁男步履拖沓，極力對抗著時不時湧上的**暈眩**。

兩人抵達警局，一位大約四十歲的刑警穿著皺得不成形的西裝出來招呼羽仁男。

「嘿，歡迎光臨！」

刑警的寒暄不倫不類。

「先做個筆錄吧，請往這邊走。」

刑警大概是剛用完餐，捏著牙籤剔著牙。羽仁男想起自己還沒吃飯，卻沒有任何飢餓感。

「開始吧……嗯，放輕鬆點。先請教大名和住址吧。」

「我目前沒有住址。」

「呃？」刑警不友善的眼神在羽仁男身上短暫停留之後，語氣發生了些微的變化。「聽說你報案的時候，雙手是被人綁住的？」

「是的。」

「其實只要用牙齒咬住繩子，也可以綁住自己的手。」

「開什麼玩笑，我剛才差點被殺了耶！」

「這樣啊，想必受到驚嚇了吧。你說你是往下跑到了市區，是從哪裡跑下來的？」

「從山崖上的一棟洋房。」
「那一帶的話……，這麼說，就是市區北邊的那處山崖嘍？」
「我不知道是北邊還是南邊。」
「K工業的董事長就住在那邊，那一帶是豪宅區，你知不知道是哪一棟？」
「不知道。我急著逃命，沒工夫看門牌。」
「確切地點稍後再釐清，你先簡單說一下事情的經過吧。」
接下來羽仁男的耐性參與了一場持久戰。
每當羽仁男說得較為激動，刑警就會揚起手讓他說慢點。
「ACS？那是什麼？」
「是Asia ConfiDential ServiCe。」
「Asia Con... fi... Den... tial... ServiCe，那是啥？石油公司？」
「是一個專做走私勾當和謀殺的組織。」
「是嗎……」刑警的嘴角浮現訕笑。「有證據嗎？」
「我親眼看到的。」

「你看到有人被他們殺了？」
「不，不是當場看到。」
「既然沒看到，那是怎麼知道的？」
「前陣子不是有一件隅田川浮屍命案，死者是名叫岸琉璃子的女人嗎？她曾經是我的女人。」
「你說岸……琉璃子？哪個岸？」
「岸信介首相的岸。」
「岸信介首相的岸……。是個漂亮的女人吧。屍體是全裸的？」
「應該是吧。」
「所以她的屍體是什麼狀態，你也沒親眼看到？」
「我看過她全裸的樣子。」
「你的意思是，你和她有肉體關係吧。」
「那件事與她的遇害無關，是ＡＣＳ殺死她的！」
「這位先生……」刑警突然換上專業人士的表情，直視羽仁男。「你開口閉口離不開ACS，究竟要如何證明有那個組織存在？我不是閒得發慌才坐在這裡寫筆錄。你端出ACS這個從沒聽過的名稱說得振振有辭，但是我這個資深刑警一聽就知道是你自己瞎掰的。想在警局上演自編自導的鬧劇，你根本找錯地方了。你大概看太多異想天開的推理小說了。聽著，假如你還是堅持那套說詞，當心觸犯妨害公務罪！」

「隨你怎麼說。你這種鄉下警察什麼都不懂，把我送到警視廳，我要說給高階警官聽。」

「哼，和我這種低階警員打交道，可真是委屈您嘍！很多時候，第一線警員的直覺往往要比那些位高權重的人來得精準呢。鄉下警察怎麼啦？一個居無定所的傢伙，少說大話！」

「居無定所的人就個個都是嫌犯嗎？」

「那當然。」刑警或許意識到剛才的話有點過分，便將語氣放柔了些。「只要是循規蹈矩的人都有自己的家庭，並且努力賺錢養活妻小。你到了這個年紀還沒結婚，再加上居無定所，根本沒有社會信用可言。」

「您的意思是，每個人都必須有固定的住處、有家庭、有妻小、有職業嗎？」

「不是我說的，是社會共識。」

「不符合那些條件的人，全都是人渣嗎？」

「是啊，除了人渣還能是什麼？一個人胡思亂想，跑進警局嚷嚷自己差點被殺了。別以為自己與眾不同，像你這種男人我早就見怪不怪了。」

「是嗎？既然如此，請將我由報案人改列為嫌犯。我從事的是違背道德的行業，我出售自己的性命。」

「哦，賣命啊，那可真是辛苦嘍。不過，賣命是你的個人自由，刑法對此沒有明文禁止。觸犯法律的是買下別人的性命去為非作歹的人。賣命的人不是犯人，而是人渣，如此而已。」

羽仁男心都涼了。他明白自己必須改變態度，懇求刑警伸出援手。

「求求您，讓我在拘留所多待幾天。請保護我，真的有人要我這條命。只要一踏出警局，我一定會被殺害。拜託，求您救救我！」

「那怎麼行，警局可不是旅館。我勸你別再幻想什麼ＡＣＳ之類的玩意，快忘了那些東西吧。」

刑警喝下一口涼了的茶，別過臉去，不再作聲。

羽仁男百般央求，求得都快哭了，冷冰冰的刑警仍是不予理會。最後，他被攆出了警局。

孤身一人。繁星燦爛的夜空下，警局前方有家小酒館，裡頭的客人大多是警察。掛在酒館屋簷下的兩三盞紅燈籠在不見光亮的巷子底搖曳著。黑夜牢牢吸附在羽仁男的胸口，黑夜牢牢吸附在他的臉上，令他幾近窒息。

羽仁男沒有力氣走下警局大門前那兩三級石階，索性坐了下來。他從長褲口袋裡掏出壓彎了的香菸點了一支。想哭的衝動使喉嚨深處不停抽搐。仰頭望向天河，星芒漸漸暈染開來，幾顆星星糅合成了一顆。

性命出售

命売ります

作　　者　三島由紀夫
譯　　者　吳季倫
主　　編　郭峰吾

總 編 輯　李映慧
執 行 長　陳旭華（ymal@ms14.hinet.net）

社　　長　郭重興
發行人兼出版總監　曾大福
出　　版　大牌出版／遠足文化事業股份有限公司
發　　行　遠足文化事業股份有限公司
地　　址　23141 新北市新店區民權路 108-2 號 9 樓
電　　話　+886- 2- 2218 1417
傳　　真　+886- 2- 8667 1851

印務協理　江域平
封面設計　Bianco Tsai
排　　版　藍天圖物宣字社
法律顧問　華洋法律事務所 蘇文生律師
（本書僅代表作者言論，不代表本公司／出版集團之立場與意見）

定　　價　350 元
初　　版　2022 年 8 月

電子書 E-ISBN
978-626-7102-86-2（EPUB）
978-626-7102-85-5（PDF）

國家圖書館出版品預行編目（CIP）資料

性命出售 / 三島由紀夫 著 ; 吳季倫 譯 . -- 初版 . -- 新北市 : 大牌出版 ,
遠足文化事業股份有限公司 , 2022.8 面 ; 公分
譯自：命売ります
ISBN 978-626-7102-84-8（平裝）

861.57　　111009598